GOBOOKS
& SITAK
GROUP©

GOBOOKS & SITAK GROUP©

三日月書版

三日月書版

輕世代
FW204
KEEP OUT
PHANTOM AGENT
novel. 胡椒椒
幽靈代理人
illust.霞野るきら
KEEP OUT
EP OUT
KEEP OUT
三日月書版

幽靈代理人
KEEP OUT
KEEP OUT
KEEP OUT
KEEP OUT

PHANTOM

CONTENTS

AGENT

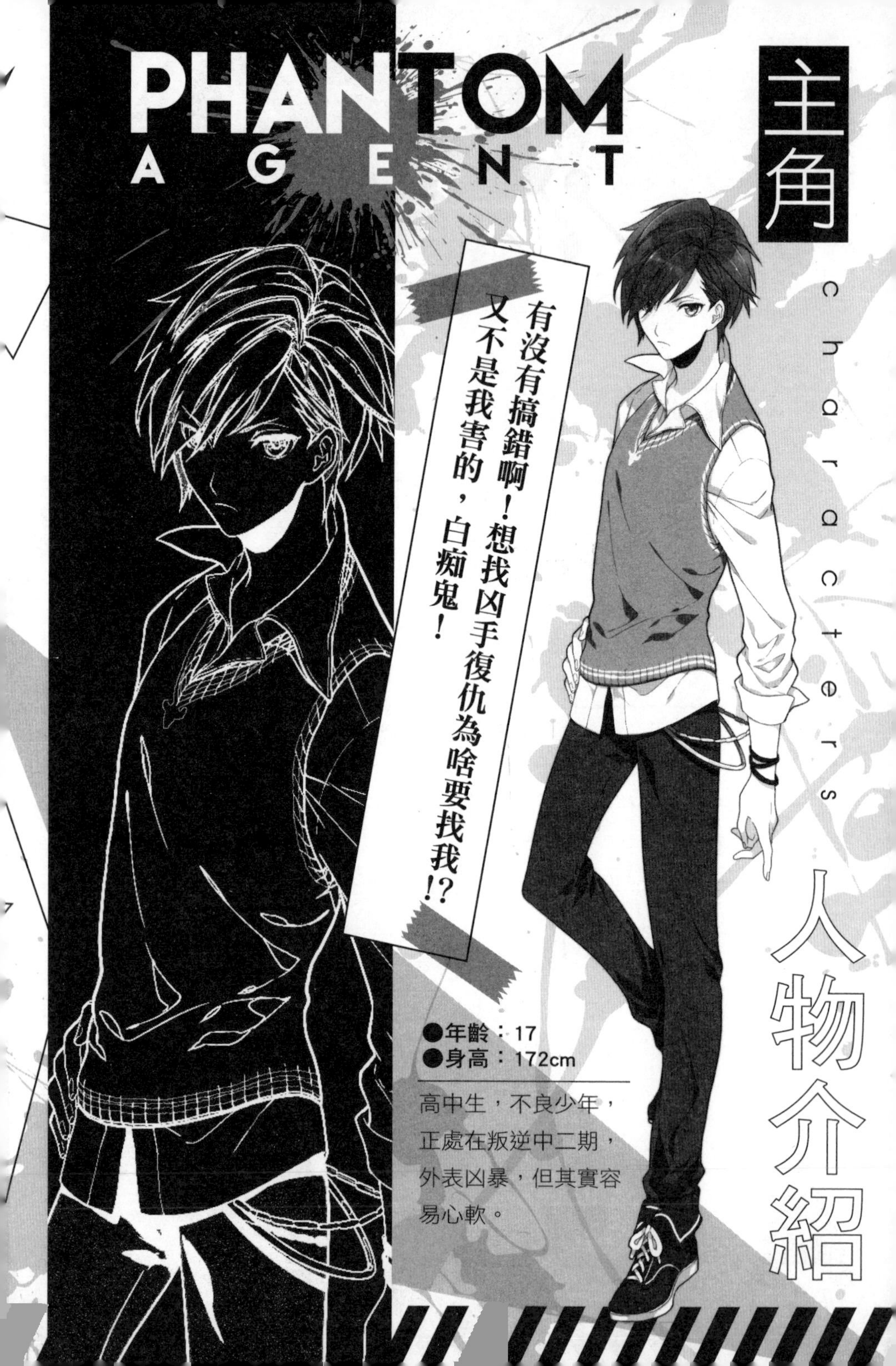
PHANTOM AGENT
主角
characters
人物介紹
有沒有搞錯啊！想找凶手復仇為啥要找我!?
又不是我害的，白痴鬼！
●年齡：17
●身高：172cm
高中生，不良少年，正處在叛逆中二期，外表凶暴，但其實容易心軟。

死鬼
PHANTOM
AGENT
我想請你幫忙。
奉勸你先考慮清楚，我不習慣被人拒絕。
●年齡：未知
●身高：184cm
生前是警察，精英分子，自視甚高，最常見的表情是面無表情，或是帶有優越感的冷笑。

PHANTOM AGENT
蟲哥
characters
人物介紹
組長死後，我往上頂替了他的位置，現在唯一的目標就是要揪出琛哥！
●年齡：28
●身高：189cm
警察，死鬼學弟，個性陽光開朗愛笑，有點糊塗。

幽靈代理人

PHANTOM

Chapter 1

兩個不速之客

AGENT

「你真的要離開？」

寒風蕭瑟中，男人一臉悲傷地盯著我。

我轉過頭想逃離這難堪的局面，他卻猛然拉住我的手。我被他拉得一個趔趄，回頭以眼神示意他放手。他深深凝視著我，彷彿有著千言萬語，但他的期望太沉重，壓得我喘不過氣。

我甩了兩下手，還是掙脫不開，只能撇過頭無奈地說：「我們的緣分已盡，就好聚好散吧。」

「我拒絕。」男人斬釘截鐵道，「你是這世界上我唯一認定的人，難道你真的忘記我們過去的回憶了？我們可以重新來過……」

「別再留戀過去，你值得更好的。」我堅決道。

男人佇立在原地，風吹起地上的落葉在他周圍不住打轉。他緩緩鬆開手，淡淡道：「你對我如此無情也就罷了，但就這樣離開，你對得起在家裡苦苦等候的孩子……」

聽到他這樣說，我的忍耐終於到了極限。

「三小孩子啦！明明就是一隻狗！」

我走在路上，那個來路不明的鬼就光明正大地走在旁邊。本來我也知道只有我看得見他，應該避免和他說話省得被當成瘋子，但這傢伙實在煩得讓人快起肖了，害我不顧路上行人的側目對他破口大罵。

「對我來說，007就像是家人一樣。」他無恥地說著。

這鬼比我想像中還難纏，怎麼趕也趕不走，我單薄的耐性早就磨光了。「拜託你快滾，不然我又要被老爹抓回醫院了！」

「我不可能離開。只有你看得到我，若是離開，我要找誰來幫我報仇？」那鬼回答，一副纏定我的樣子。

「肖欸！誰跟你報仇？你是電視看太多了喔，拜託你快滾去投胎啦！我就說了不會幫你，看是要去找靈媒還是道士顯靈托夢都是你家的事啦，老子管不著！再纏著我就去找天師收了你！」我大吼大叫道。

那鬼絲毫不理會我的威脅恐嚇，一臉悠閒地跟在我旁邊道：「我想你應該小聲一點，太引人注意了。」

我趕緊閉上嘴，匆匆走過漸漸聚攏在我身邊、對我指指點點的人潮。

一切始於十天前。

我莫名其妙在醫院中醒來，正丈二金剛摸不著頭腦之際，有個鬼出現了，還自稱是我的朋友。然而對我來說，他就只是「不知道是誰一號」，更別提他所說的那些匪夷所思的冒險了，什麼我跟他一起被捲入黑道槍戰、破獲了黑幫非法交易和製毒工廠，還為了拯救「不知道是誰二號」和一條狗去陰間一遊……

「所以，應該是回來時你和小重相撞，鬼差又硬把你的靈魂塞進身體裡，但他忽略了你手上戴著防止靈魂進出的繩子，強大推擠力造成的瞬間衝擊把你腦子撞壞了。」那鬼分析道。

「你才腦子有毛病咧，你說的這些誰信啊！」我縮在被子裡小聲罵道。

自從醫生診斷出我失憶又有幻覺後，老爹花了大錢讓我轉到一間擁有知名腦外科醫生的醫院，做了一堆超音波、斷層掃瞄和核磁共振，但是都檢查不出哪裡有問題。

發現自己看得見鬼時，還嚇得我一度昏厥，不過這鬼再三表示他沒有惡意，幾天下來從未試圖對我下手，我才說服自己並非所有鬼魂都是為了「抓交替」才接近人類。

然而要跟這種東西好好相處，我實在做不到，這幾天以來晚上都無法安心入睡，每天枕戈待旦，就怕那鬼對我不利。

不過我絞盡腦汁想出了另一個解釋……一定是我精神分裂，所以才幻想出一個不存在的鬼跟我對話。可是就算我如此催眠自己，還是想不起失去的那段記憶。

印象中才剛跟胖子他們去游泳，順便看比基尼辣妹，一覺醒來卻已經入冬了。這中間幾個月的時間到哪去了？

「不過，我想這應該是暫時的，因為007和小重清醒之後並無異常，你一定很快就能恢復記憶了。」那短命鬼斬釘截鐵地說。

「你在說什麼，我根本霧煞煞！如果你是我的幻覺就快消失吧！」

「這可不行。」那鬼臉上浮現意味深長的笑容道，「我們之間有著某個協定，基於那個協定，我會留在你身邊，直到我的目的達成為止。」

「什麼協定？」

「你要幫我抓到殺害我的幕後主使。」

那鬼講得非常簡單明瞭，不過我仍然花了點時間思考。「所以說，你是被人殺死的？我一定是看太多電視了，連幻想出來的東西都這麼芭樂……」

「我才要提醒你，不要以為失憶了就可以當作沒這回事。」那鬼陰森森地說，「你想翻臉不認帳的話，我不介意再度採取當初逼你答應的方式……」

「我就知道！我不可能答應你這種事，一定是你逼迫我的！」

我也顧不得當初是否答應他什麼了，腦中只想極力擺脫他，一個鬼在身邊晃來晃去的，怎麼想都覺得恐怖。

「總而言之，我現在不記得就不算數！誰知道你是不是亂說？到時候隨便唬爛我幫你做牛做馬……老子才不幹！」

那鬼嘆了口氣道：「沒關係，你先好好休養吧。關於你的記憶，我想也是強求不得，不過就我所知，你不是腦部受到嚴重損害，所以你遲早會記起來的。」

「我才不想想起來咧！就算想起來老子也不會說的！」

三天後我出院了，我趁著老爸去辦手續時先開溜，除了不想在這醫院多待半秒，另一方面也是要避開老爸。這幾天他對我噓寒問暖的次數，比過去十七年加起來還多。

不過我的落跑沒能躲過另一個傢伙。短命鬼寸步不離地跟著我，不斷說著曾經發生的事，非常努力想喚起我的記憶。他說的那些事件就如天方夜譚一樣不切實際。

「我要怎麼說你才會相信？」短命鬼故作煩惱地嘆了口氣道。

「除非我的記憶回來我才會相信，你費盡唇舌也沒用。就算那些事真的曾發生過好了，我敢跟你保證，以後絕對不會再有。我沒空跟你玩探案遊戲，從今天開始我要恢復平常的生活。」

「你是指到處惹事生非？」短命鬼譏笑道。

「我才要問你咧！為啥我家還訂了報紙和牛奶啊？像家庭主婦似的！還有我的髮型怎麼回事？」我扯著比之前短很多的頭髮抱怨道。

「你已經改過自新、決定奮發向上了，所以那種多餘的東西當然是剪掉了。」短命鬼煞有其事地說。

「你騙鬼啊！這絕對不可能，用屁眼想也知道一定是你威脅我的吧?!」

「真是麻煩。」短命鬼說著，還捏了捏手指關節。「以前和你相處過的時間就這樣消失了，必須讓你重新開竅才行。」

「你幹什麼！」看到他的動作，我不禁退後幾步，他說的開竅不會是揍我一頓吧？

短命鬼看著我淡淡道：「你放心，我不會使用暴力——除非在緊要關頭。」

我暗暗啐道，為什麼他明明是鬼卻能碰到我啊？否則我也不用受他威脅了。

說著說著，我已經回到了久違的家。一打開門，首先見到的是和我記憶中截然不同的房間，窗明几淨、一塵不染，剎那間我都要懷疑走錯房間了。我環顧四周，視線觸及某樣東西時讓我震驚了一下。我後退了幾步，直到撞到短命鬼的身上。

「怎麼了？」他問道。

「那……那……」我顫巍巍地指著在我床上的巨大棕色不明物體，「在我床上的是什麼東西啊?!」

「我不是跟你說過007了?你該不會才聽過就忘了吧？」

我歇斯底里大吼：「我知道你說過的那隻狗，但……那東西哪裡像狗啊？那是外星生物吧?!」那個「異形」緩緩動作起來，我這才看清楚牠是一隻奇醜無比的狗，臉皺得像梅干，五官扁平得像是被卡車輾過。

短命鬼嘆了一口氣：「你還真的都不記得了，你以前非常疼愛牠。」

「見鬼了！」我大吼，「我最討厭動物了，怎麼會容許這種東西待在我家還睡在床上?!」

短命鬼走向我的床鋪，坐下來就把手伸向那隻外星狗，但出乎意料的是他竟然穿了過去。他也愣了一下，然後再度嘗試一次，手依然穿過了狗的身體。

我見他看著自己的手，不由得問道：「怎麼了？」

他放下手，平淡地說：「我似乎失去了碰觸其他生物的能力。」

「可是你能碰到我啊。」

「一開始我能碰到的只有無生命物體和你，後來我的力量漸漸增強，可以摸到其他有生命的個體，現在又……」

他邊說邊拿起了遙控器，還突然隱身，我就只看到遙控器在空中飄浮。

「怎麼會？你該不會要去投胎了吧？」我滿懷著希望問道。

短命鬼冷笑道：「很遺憾不能如你所願，我想其中原因是由於你的失憶。之前我也跟你說過，在遇到你之前我完全沒有實體化的能力。我也不曉得為什麼，但你似乎是我力量的來源。之前隨著我們的牽絆加深，我的力量也有所提高，而現在……」

他瞧著我，埋怨的意思不言而喻。

我被他看得渾身不自在，忙撇清道：「你可不要怪我，我失憶又不是自己願意的，你『青』我也沒用。」

「我沒有怪你的意思，只是……」

那隻狗慢慢抬起頭來，我看到牠如綠豆般的小眼睛向我一掃，竟是銳利無比！牠的眼神似乎在向我控訴些什麼，讓我頓時有些心虛。

「這……我之前真的很疼愛牠嗎？」我囁嚅道。

「當然。」

我心中一動，說不定這條狗只是醜了點，不過噁心的外表下，其實藏著顆纖細且善解人意的心。我突然為自己的「以貌取狗」感到有些羞愧，我小心地靠近床邊，伸出手吶吶地說：「你是叫 007 吧……」

說時遲那時快，那條狗猛然張開牠的血盆大口，咬住我的手！

「法克！」我大罵著想用力掙脫，但只讓牠咬得更深。我用另一手想掰開牠的嘴巴，但牠有力的下顎紋絲不動。

短命鬼悠哉地出聲制止，那狗悻悻然放開了我的手，還一副想再撲上來的樣子。

我看著手上的深深牙印，有點血絲冒出來，我應該去打一針狂犬病和破傷風嗎？

我不禁對著短命鬼忿忿然罵道：「放你的狗臭屁！這爛狗簡直把我當仇人了！」

短命鬼臉上露出些微歉意。「我本以為你失憶後說不定可以和 007 盡釋前嫌，看來你們倆的積怨比我想像中還深。」

我氣得七竅生煙，咬牙切齒道：「馬上滾出去！這是我家，你們這些來路不明的傢伙不准待在這！」

短命鬼不置可否，絲毫不以為意地看著我道：「你怎麼能說這種話？我們之前的交情可是比你想像的要深多了。」

他語氣詭異，害我有些毛骨悚然。我問道：「這是什麼意思？除了被你壓榨之外，我們還有其他關係嗎？」

「舉個例來說好了，你之前見到我都會恭敬地低頭叫『大哥』……」

「滾出去！」

回家後，我馬上陷入前所未有的危機之中。

我去銀行提款時，赫然發現戶頭裡竟然只剩下個位數，連一張小朋友都提不出來。

「怎、怎麼回事?!我的錢被偷了?!」我不可置信大叫。

短命鬼靠在一旁，手抱胸說道：「我沒跟你說過?我們去陰間時為了買通鬼差，將你的積蓄全花掉了。」

「哇靠!那是我的生活費耶，難不成當時是打算下了陰間就不回來了?!」

雖然短命鬼的話很可疑，但無論我刷幾次本子，存款簿上的數字都沒變動。我只好打電話給老爸，讓他匯點錢給我。

接電話的是羅祕書，他冷淡地說了些我聽不懂的話便掛斷了。我唯一理解的是，老爸不知道為了什麼事大發雷霆，竟然說要斷絕我的經濟供給。

「什麼我偷了他的錢啊?!這老禿頭有被害妄想症喔?」我拿著電話大罵。

短命鬼一副早就預料到這種情況的樣子。「那時為了買通鬼差，只憑你微薄的存款是不夠的，因此還將你父親為情婦買珠寶的錢也提光了。」

「喔，難怪他這麼生氣……這不是重點啦!最大的問題是，我已經面臨斷糧了耶!」

「這倒是個問題。」短命鬼沉吟道，「007的存糧也見底了。」

「誰管牠吃什麼啊！送那隻爛狗去流浪動物之家就不怕沒東西吃了！」我煩躁地說，「這樣我要怎麼過啊？老頭子要彆扭八成會拖上一段時間，羅祕書也不可能違背他的意思……」

「你沒想過打工？」短命鬼忽地來了一句。

「……啥？」

「自食其力。」他又重複了一遍，「你一直在父親的保護下過著揮霍的生活，是時候面對現實了。」

「我幹嘛要工作？」我啐道，「要是讓我的手下或哥兒們知道我去打工，臉不就丟光了？」

「那麼你要用這身分做什麼？收保護費？」短命鬼嗤之以鼻。

「勒索啊……我怎麼沒想到呢？」我興奮道。

短命鬼一臉森冷：「你以為我會給你這個機會？」

我挺起胸膛惡狠狠地說：「干你屁事！我愛怎麼做就怎麼做。」

「你可以試試看。」

短命鬼沒說什麼，只是臉色變得比鍋底還黑，周身氣息陰冷無比，一副要是我真去做了他就會掐死我似的。他一直以來都表現得還算和善，除了冷言冷語和偶爾語帶威脅之外，所以我並不是很怕他，但現在似乎踩到他的地雷了。

我吞吞口水，目前還不清楚他的底細，說不定是那種殺人不眨眼的惡鬼，還是先不要違逆他的意思比較好。

「……打工就打工嘛，一副要跟我拚命的樣子做啥啊！」我假裝凶惡地說，「反正錢隨便賺都有。」

我掏出手機撥電話給胖子。

「你打給朋友？該不會要做非法的打工？」

我來不及回嘴，電話便接通了。我問胖子有沒有好康的工作可以介紹給我，他像是報明牌似的，情緒相當亢奮地說：「有有有！最近我一個親戚正好需要人幫忙，如果你要去，我馬上問問看，就在這附近而已。」

又跟胖子喇咧了半天，拿到了他親戚的地址，要我明天就去面試。掛了電話後，短命鬼又開始對我疲勞轟炸。他不厭其煩地對我述說過去發生的事，所有的小細節都鉅細靡遺，他口中的我確實很像是我會有的反應，但即使如此……

「喂，我說你啊……這樣跟我耗在一起不是很浪費時間嗎？我相信你直接去找另一個看得見你的人，絕對比恢復我的記憶要來得快速方便。」我撐著頭問他。

「也許是吧。」他翹著二郎腿、兩手交握放在膝上道，「不過我寧願多花點時間，就算你記不起來也無所謂，我不在乎從頭開始。」

「哇靠，該不會我是第一個知道你的存在的人，所以你決定要賴定我吧？」我瞪大眼睛問。

「你要這麼說也行，因為我還是希望你能夠記起我們之間曾發生過的事。跟你相處的時間裡，有很多我無法割捨的回憶，我也不願意就此離開，畢竟我們朝夕相處，就算對象是隻猴子也會生出感情。」

「……你說我是猴子嗎？」我咬牙道。

「你自己對號入座吧。」短命鬼面不改色地說。

可惡！

我跳下床打開電腦，想來玩玩好久沒碰的網路遊戲。連上線後，我先開了瀏覽器看看有趣的新聞。滑鼠有點秀逗，老是指不到我想看的網頁，一個不小心打開了過去的瀏覽紀錄，我瞥見一堆毫無印象的網頁，便一個個打開來看。

各式各樣的宗教網頁，都是查詢如何驅鬼；再來是青道幫的新聞以及相關的毒品市場分析；而後，也是一些宗教相關網頁，主要是投胎輪迴以及前世今生的說法；最後，是一堆旅遊景點資訊，查詢哪裡有好溫泉，以及溫泉街有哪些好玩好吃的店。

當然，中間還穿插了一些色情網站或是網遊攻略。我默默關了螢幕，由這些紀錄來看，都吻合短命鬼所說的……似乎我過去也是很用心地想幫助他？

「喂，你……」我坐在電腦椅上轉了半圈，面對在房間另一角的短命鬼。我乾咳了一下：「我先跟你說清楚，之前不管我做了什麼，都過去了，縱使我們相處得再久或是感情再好都一樣。我現在不記得你了，在找到其他人幫你前，我可以讓你和那隻爛狗暫時待在我家，不過請你別抱希望，我沒有一絲一毫想要扯進你的事的念頭。」

「這由不得你決定，更何況我現在失去力量，更不可能去找別人了。」

「為什麼？」我馬上大聲抗議。

「有件事我要先提醒你，你之前掀了青道幫的工廠，雖然目前青道幫還不知道是誰做的，但紙包不住火，他們遲早會知道是你。憑青道幫的勢力，就算派再多警力保護你都沒用，新仇舊恨加在一起，到時你大概連根手指頭都找不到了。」他警告道。

「老子又不是被嚇大的！」我惡狠狠地說，總覺得短命鬼剛剛的話有一半是在幸災樂禍，「哪有這麼恐怖？又不是《古惑仔》。」

他默默地盯著我，突然古怪地笑了起來：「你果然什麼都忘了才會這麼講。聽你說了這些話，讓我想起我們初遇時的情景，到現在還是記憶猶新。」

「……你懷念個屁啊？」我碎碎念。

見我咬牙切齒的模樣，短命鬼突然正襟危坐，表情嚴肅地開口：「若是你真心要我離開，我會聽從你的決定。」

「我由衷地希望你們兩個滾蛋。」

他搖搖頭：「我指的是在記憶完好的狀態下。倘若在我離開之後記憶恢復，你一定會悔不當初。現在的你或許無法理解，但我們確實是……朋友。」

他說得輕描淡寫，但我還是感受到了「朋友」兩字的分量，沉甸甸地壓在心口。

我們是怎麼樣的朋友？是像胖子他們一樣一起幹壞事的同伴？還是利用完就過河拆橋的那種同夥？

我無法想像自己怎麼會和一個生前是條子的鬼魂成為朋友，縱然他對我的了解超乎想像，但那自以為是的性格和裝模作樣的言行正是我最討厭的類型，我壓根沒有了解他的意願。更何況他是鬼！第一次看到鬼的時候我直接暈厥，第二次害我差點在醫院尿褲子，之前的我怎麼可能習慣他的存在！

想要擺脫他其實還有很多法子，但我始終無法狠下心實行，只能說服自己是因為慈悲為懷，他不犯我，我也沒必要趕盡殺絕。至少目前我還能勉強面對，只要把他當成擁有超能力的食客，似乎就沒那麼難以接受。

對，他是人！他只是一個吃軟飯又機車的普通人！

短命鬼搓了個響指引起我的怒目而視，他皺著眉頭道：「你喃喃自語些什麼？」

我暗啐了聲，在心裡罵道：就你這小白臉還有資格問東問西！

「喂！你們這些死狗不要亂跑——！」

我頂著黑眼圈，手上握著八條繩子、繫著八條狗，被牠們拖著到處跑。短命鬼什麼話也沒說就跟了上來，我也沒力氣再打發他，只能讓他跟著看笑話。

「這是非常具有教育意義的一刻，你可以學習如何和動物相處。」他袖手旁觀講著風涼話，完全沒有幫我一把的意思。

「可惡！我一定要去找那死胖子算帳！」

我的雇主好像是胖子的遠房姑媽還姨婆之類的，一個人住在別墅裡，還養了一堆狗作伴……幹嘛不養貓或兔子這種不用遛的動物！

「喂，可樂，不准大！等到公園才可以大便！」我揮舞著鏟子對那隻不停轉圈圈的哈士奇罵道。

「牠叫雪碧。」短命鬼糾正我。

「管牠的咧！還不都是狗……你這笨狗尿到我腳上了啦！」

這些狗在人行道上橫衝直撞，看到垃圾就亂啃。一隻大丹剛剛吞下了一顆橡膠製、拳頭般大小的玩具球，不過我的雇主、那位老太婆已經先跟我說過，讓牠亂吃也沒關係。之前牠吞下了一支電視遙控器，隔天就完整地排泄出來，我實在無法想像那條狗屎有多大。

「老子不幹了！」我狠狠將狗繩摔在地上。「這什麼鳥打工？丟臉死了！我就不相信沒有其他工作！」

我的第一份工作沒領到半毛薪水，還花了一整天把四處亂跑的狗抓回來。

第二份打工是火鍋店的外場工讀。

我發著抖想將煮得熱燙且裝得滿滿的鍋子端到客人桌上，拿著鍋子的手就是沒辦法穩住鍋子，湯汁不斷灑出。

「喂，等你端給客人，湯都灑光了！」穿著油膩圍裙的中年老頭大罵，「沒見過你這麼笨的，連個鍋子都不會端！」

我端著鍋子穩穩地放在客人桌上，轉身順手收走另一桌客人吃剩、浮著一層油脂的鍋子走回爐臺，然後倒在老闆的頭上。

第三份工作是連鎖咖啡店的服務生。

「我就說了用那個杯子裝榛果拿鐵中杯、牛奶加滿不要奶泡呀，你聽不懂喔?!」一個上班族打扮的女人趾高氣揚地說著。

我拿著那女人自行準備的六百毫升大杯子，盡量維持微笑道：「不好意思，小姐，我們中杯咖啡是三百五十毫升，加滿牛奶的話只會有整～～桶牛奶而沒有咖啡味喔。」

「你管這麼多幹嘛？叫你們店長出來！」她尖聲說著。

我默默將她的杯子注滿了冰牛奶，然後不小心手一滑將牛奶潑到她臉上。

加油站，我和來加油的飆仔打了一架——開除。

派報，我將傳單丟掉被發現——開除。

便利商店，區經理來稽核時我恰巧在吃店裡的關東煮——開除。

麥當當……總之也是被開除。

「你這幾天內換了無數個工作，而且連一毛錢都沒拿到。」短命鬼雙手交叉在胸前，不疾不徐地道。

「吵死了！這些工作都不適合我啦。」我坐在公園裡，拿著在被開除前從速食店A來的五個漢堡，這是我今天的糧食，還得分爛狗一半。

「你要是有時間冷嘲熱諷，不如快幫我想想有什麼辦法弄錢！」我沒好氣地說。

他嗤之以鼻：「需要專業技術的工作你做不來，要靠體力或耐心的工作你也不做，一無是處能做什麼？」

我火冒三丈，捏緊了漢堡跳起來大罵：「還不都你這個拖油瓶害的！你和那隻爛狗跟寄生蟲一樣吸走我的金錢和精力，也不知恩圖報。你不也只是個什麼都做不了的短命鬼……」

我靈光一閃，就像一道響雷打在腦門上，頓時醍醐灌頂、茅塞頓開。為什麼我之前沒有想到這個穩賺不賠的生意？

「你笑得很猥褻。」短命鬼似乎明白了什麼，「若是不法生意我會阻止你。」

「你放心。」我拍拍他，「託你的福，絕對沒有牽涉任何不當行為。你就等著看我怎麼賺大錢吧！」

Chapter 2

第一次當天師就上手

「太太，妳這宅子正好建在陰氣匯集之處，坐南朝北，東方又有大樓正對的煞氣，地下曾經是古墓場的遺跡，所以妳老公才會偷腥，兒子成天打架鬧事。」我拿著羅盤搖頭晃腦道。

中年婦女緊張兮兮地說：「果然是這樣！自從搬來這裡後，什麼事都不對勁了。我買的幾支股票一直跌，還被人家倒會了，真是倒楣到極點！」

我看看羅盤，凝重道：「還不只這樣，我看見妳的背後積聚了很多怨氣，妳應該常常覺得頭痛、肩頸僵硬又腰痠背痛吧？」

「對對對！」婦人點頭如搗蒜。

我指指放在桌上的全家福照片道：「你們全家都被詛咒了，從這相片裡我可以清楚看到你們身後的無數怨靈，如果不快點解決，輕則招來貧困潦倒、家道中落，重則導致血光之災、殺身之禍！」

「哎呦，這該怎麼辦啊，大師？難道還要再搬家嗎？」

「這倒是不必，只要我幫妳改改運，驅逐背後的怨靈，然後將房子的格局改一下、放個東西避煞就行了。保證你們全家平平安安、老公事業有成、兒子改邪歸正、妳的股票隨便買隨便漲！」

婦人感激涕零地道謝，從皮包裡數了鈔票給我。

我在婦人的淚眼婆娑目送下離開。才踏出門口，短命鬼冷淡的聲音就傳來：「你說的賺錢方式就是招搖撞騙？」

「怎樣？這又不犯法，我說的都是有根據的耶。」我青他一眼，拿出包包裡圖文並茂的教科書《第一次當天師就上手》，在他面前晃來晃去道，「這都是上面說的，我只是根據相似情況做出合理的判斷罷了。你說我有犯法嗎？」

「起碼也能算你詐欺。」

「誰跟你詐欺？檢察官也沒辦法證明我說的不對啊！而且我收的又不多，不會有問題的啦！」我理直氣壯道，「懶得理你，我要回去看下一個委託了。」

當時一想到這個賺錢的好方法，我馬上回家找資料，然後從老爸那偷了幾樣寶貝，都是他花大錢買回來的贗品，拿來唬人是還挺有分量的。

我到快印店印了幾百張小廣告，貼在社區裡所有的電線桿和公車站牌上，每棟公寓大樓的樓梯間或信箱也不放過。主要內容是我的承辦業務：算命、收驚、捉鬼、選墓、看風水，也做詛咒和抓姦。

想不到現代人對於這方面的需求還是很大，每天都有好幾筆委託電話——雖然大部分是想找貓狗和修水管。

「嘖！想不到這麼好賺。」我摸著下巴，「照這樣看來，我靠這個就可以吃一輩子了。」

「我會先報警讓你這神棍被繩之以法。」

短命鬼面無表情，我也不確定他是否真會這樣做，只好先用緩兵之策。

「放心啦，我也不想這樣騙吃騙喝一輩子啊！我敢保證，只要賺到足夠的吃飯錢我馬上就金盆洗手！」

他半瞇著眼，一臉不以為然道：「你賺得還不夠？」

「好啦好啦！」我粗聲粗氣地說，「這是最後一個了啦，囉囉嗦嗦的又不是我老婆……」

我發著抖坐在傳說中惡靈作祟的鬼屋正中央，周圍點了上百枝蠟燭，還擺滿各式各樣避邪的護身符，手中握著可以讓鬼怪現出原形的八卦鏡和神獸貔貅玉雕。以防萬一，我還準備了十字架、大蒜、聖水和銀製的骷髏頭戒指，如果來的是狼人就可以戴戒指扁他。

本以為是件容易的差事，但是今天跟委託人一起勘查過之後，我馬上就決定要開溜了。短命鬼卻以我已經收了頭期款為理由，硬抓著我來到這間遠近馳名的鬼屋。

這是靠近郊區的一棟兩層樓建築，周圍民宅不少，其實不太像會鬧鬼的地方。而從外頭就能看出這間屋子極為陰森，至少十年沒人入住，缺乏打理的庭院長滿比人高的雜草，整棟房子籠罩在樹蔭下；周邊丟滿垃圾，圍牆上被噴漆畫得亂七八糟，窗戶也幾乎沒一扇完好。

屋裡就更可怕了，陰涼得讓人直打哆嗦，灰色的牆壁裡管線外露，破爛腐朽的家具堆在角落，破掉的窗戶都釘上了木板，牆壁上還有不少來試膽的人留下的紅色噴漆字樣，我根本不敢細看。

「這是什麼？」短命鬼從牆上揭下一張張黃色符紙說道。

「你別破壞我的結界！」我跳起來從他手中搶過符紙，趕緊貼回牆壁上。「書上說這種符很有效，我才特地貼滿整個客廳的。鬼魂如果碰到，會在瞬間被燒得連魂魄都不剩。」

「……」

等待的時間總是特別漫長，在空曠的房子裡只聽得到不時呼嘯而過的風聲。我雖然套了四件衣服，但寒氣還是從衣領滲入，牙關不斷打顫。

角落的蠟燭火苗忽地閃爍了一下，我當機立斷地將手上的傢伙擲了過去，打翻了蠟燭之後才發現，原來是從窗縫吹進來的風讓光源忽明忽滅的，更讓人覺得鬼影幢幢。

我不爽罵道：「冷死了，你沒事開窗做什麼？」

回應我的是一陣陰冷的風，吹得牆上幾百張符紙啪啪作響。我這才發現，一扇窗戶的木板被風吹得脫落，那短命鬼竟然悄悄地不見蹤影了。

偌大的屋內頓時剩我一人，我恐慌地站起身，往後退直至背靠在牆壁上。

這場景很熟悉，推理劇裡周圍的人會一個個消失，然後在其他地方發現他們的屍體，最後只留下主角一人，獨自面對潛藏在黑暗中的殺人鬼。

哪、哪有這麼巧的事！我要相信短命鬼，他應該只是去撇大條了！還是說……消失的同伴其實就是殺人鬼?!

我不斷胡思亂想，企圖按捺住不斷蒸騰而上的恐懼，伸手將牆上的符紙一張張取下貼在身上，不能讓那些惡鬼有一絲可趁機會。

等身上貼滿符紙，固若金湯的防護罩做好之後，我才稍稍安心點。

準備走回我圍起的結界裡，一回頭就看見個人影在我背後！

我大叫著將手上的聖水潑了出去，卻穿過那人的身體濺到地上，澆熄了一堆蠟燭。白煙裊裊中，我才看清楚那是短命鬼，他面無表情地將我從頭看到腳又看回來。

「怎麼回事？你撞到頭的後遺症終於發作了？」

……還不都你害的！他的表情泰然自若，似乎是沒有要殺我的樣子，但還是不能放鬆戒備，我戰戰兢兢道：「你死哪去了？害我把好不容易偷來的聖水都浪費掉了。」

他在一旁坐下，表情充滿鄙視。「我不是跟你說了要去看看這屋子有什麼異常嗎？還有，麻煩你把身上那些東西弄掉，一點用都沒有。」

「我不要！」我馬上離開他幾步，做出防衛姿態道，「我就喜歡這種人體藝術，你管我這麼多！」

他沒強迫我把符紙拿下，只是轉過頭，彷彿再看下去會傷到眼睛似的。

「咚——咚——」

身後巨大的聲響嚇得我一個激靈，連滾帶爬跑到短命鬼旁邊。客廳中的大鐘緩緩地動作著，午夜十二點的報時聲簡直震耳欲聾，直敲了十下才停止。

「短命鬼，我看我們還是離開吧，我願意將委託人預付的錢退還給他，拜託你放我一馬吧，我寧願餓死也不想被鬼掐死啊！」我緊抓著他，雖然不知道這是否為他的伎倆，但有他在身邊會讓我放心許多。

「閉嘴。」短命鬼沒回頭，「好像要出現了。」

他話音剛落，倏地一道強光從窗外直射而來，亮得令人睜不開眼。

白光的最深處，一個斑駁的影子出現，依稀看得出是個人影。

我硬抓著短命鬼慢慢向後退，而那鬼影也不斷逼近，甚至踏入了我圍好的結界裡還安然無恙。可惡！早知道就不要相信那些神棍的話！

我馬上轉身想跑，但雙腿竟然不聽使喚，一下子就坐倒在地。

「喂，你拉我一把！」我在地上撐了幾次都站不起來，慌忙拉著短命鬼，但他不為所動，眼睛眨也沒眨地盯著那人影看。

「你不覺得有點奇怪？」

他一開口便問了這種匪夷所思的問題，我想也不想便急忙道：「現在還不跑的人才奇怪啦！」

「我記得屋主說的是一名長髮飄逸的女鬼。這怎麼看都不像……」

「閉嘴！你這樣說會害她發怒啦！」我轉向鬼影的方向求饒道：「鬼姐姐，妳放過我吧，我留一個帥哥在這裡跟妳作伴！」

我用力將短命鬼推出去，他睥睨著我，大概是怪我出賣他。

我的強力推銷就像遇上了一毛不拔的主婦，半點屁用也沒有。只見女鬼緩緩舉起一隻手，似乎要攻擊了。

「可惡，美男計竟然沒用！」我嘖道。

「不，她似乎有話要說……」短命鬼說。

我屏氣凝神等待她說出最關鍵的那句臺詞，一說完大概就要大開殺戒了。

女鬼往前踏了一步，聲音清晰地說道：「你好，地球人。」

……等等！這分明是男人的聲音啊！我正想著這鬼該不會是人妖時，白光猛然消退，鋪天蓋地的黑暗讓我花了一段時間才慢慢適應。

燭光依舊搖晃，房子裡一片凌亂，站在東倒西歪的蠟燭陣中，有我、短命鬼和那個本應是妖豔女鬼的鬼。他的面貌這時看得相當清楚，他……根本不是鬼！

那「東西」相當高瘦，身高目測約莫二點五公尺，眼睛占了臉的二分之一，疑似鼻子的部位有兩個小洞，沒有耳朵，光溜溜的頭沒有一點毛髮，反而伸了一根觸角出來；全身覆蓋著灰綠色滑溜的皮膚，細長的手腳從像是鋁箔紙做的銀色外衣中伸出，沒穿褲子，也沒有可以判斷性別的胸部或蛋蛋，在在都跟卡通裡的外星人一樣奇怪。

他長得太過典型，反而讓我除了驚訝之外不知該作何反應。

短命鬼皺著眉頭，彷彿他看著的只是個奇裝異服的傢伙罷了。

長久以來對於外星文明的爭議終於告一段落，原來真的有外星人存在！

我恍惚了一下子就回過神了。再怎麼想，出現外星人也比出現阿飄好。幸好我活在資訊發達的年代，從好萊塢電影中得到很多關於外星人的知識。

首先，應該要趕緊逃跑。

我嘗試著想拔腿跑，但雙足卻如生根般動也不動。我嚇得肝膽俱裂，跟短命鬼說：

「那個外星人控制住我的行動了，我現在動都不能動！」

「當然，你絕非嚇得不能動。」他潑冷水道。

我偷偷打量那外星人，他看起來應該沒有藏光束槍在身上，他的銀色衣服非常貼身，緊到一種猥褻的程度，要藏武器也很困難。他似乎沒有要攻擊我們的意思，既然我也跑不動，應該先確定他是否為和平來訪。

「喂，你去問他來幹嘛的。」我從背後推了推短命鬼。

「你怎麼不自己問？」短命鬼看起來意興闌珊。

在我們互相禮讓時，那外星人倒是自己開口了：「我沒有惡意，身上也沒有任何武器。」

他的中文說得字正腔圓，但語調毫無起伏，聽起來像是翻譯機般生硬。他伸出奇長的手指頭比了個代表和平的手勢……至少我如此認為，因為他只有四根手指頭。

我鼓起勇氣試著和他對話：「你……你是公的還母的？」

外星人的大眼睛眨了眨，道：「請定義『公母』。」

我還來不及解釋，短命鬼冷淡的聲音傳來：「如果你打算在這種問題上糾結，請恕我不奉陪。」

「等等！」我連忙擋住短命鬼，轉向外星人問道：「你是火星人？還是太陽系以外生物？你能說我們的語言？好吧，這個答案很明顯。」

外星人站直身體，頭幾乎頂到天花板，看起來詭異萬分。「我來自距離地球有著幾千光年的銀河系帝國。我精通宇宙中三百七十九種語言，其中八種在地球上普遍使用。同為宇宙中稀有的文明種族，我們的DNA序列和地球人極為相似，在生物學上我們算是近親。」

……我可不覺得彼此在外貌上有何相似之處。外星人看起來似乎沒有惡意，我便想靠近一點觀察，卻忽略了腳邊蠟燭和身上的符紙。等到發現異狀時，我小腿以下泰半的易燃物都燒起來了。

「哇！救命啊！」我不顧形象地大吼大叫，手忙腳亂地拍掉身上符紙。短命鬼也衝上來幫我拍熄四處亂竄的火苗。

一個不小心，我絆到一坨不知是啥的東西，整個人向前撲倒。眼看就要撞上外星人時，我伸出手想以對方作為支撐，以免撞成一堆。

結果，我的手穿過他的身體，臉朝下栽在地上。

「原來地球人能隨意變換外貌？」外星人看著我脫掉那些符紙後的本尊，驚訝地問道。

我從地上跳起來，連蜿蜒流下的鼻血都來不及擦，就火速衝回短命鬼身後，顫巍巍地指著那外星人道：「這是怎麼回事?!為什麼……穿過去了？」

外星人搖頭晃腦地道：「你是指我沒有實體？我的身體是由相當細小的粒子——生物性微中子組成。微中子不帶電且質量極輕，與其他粒子的作用極微，可以在物質中走上好幾光年而不發生任何交互作用。」

「你可以翻譯成地球語嗎？」

我捏著鼻梁，短命鬼從我放在地上的背包裡掏出衛生紙，邊塞住我的鼻孔邊解釋道：「他的意思就是我們無法碰觸到他。」

「不過，你們放心。」外星人舉起他的手，手腕上戴著一支奇怪的表。「由於我的結構較特殊，所以都會戴著可以轉換性質的器械，這是我們星球的發明，讓我們方便和其他星球的人交流。」

外星人說完，在手表上按了一下，不過我完全看不出來前後的差別。外星人伸出他的長手，舉在我面前說道：「你可以摸摸看。」

「我才不要！」我嫌棄地說。那綠色皮膚上濕黏黏的光澤實在很噁爛，我拿起十字架伸過去戳戳看，的確是有碰到皮膚的那種觸感。

雖然看似是真的，我還是小聲問短命鬼：「有這種外星人嗎？」

「你說呢？」他看著我的樣子就好像我問了什麼蠢問題。

算了，浩瀚無垠的宇宙隱藏著無限可能性。我轉向那傢伙道：「原來你真的是外星人。」

短命鬼打斷我道：「你還真蠢，他是實實在在的……」

「夠了！」我摀住耳朵，「人家說是外星人就是外星人，總比『好兄弟』來得親切多了。不過明明說是漂亮的女鬼，怎麼會變成一個畸形的外星人啊？」

「謠言都是以訛傳訛，只要看到不明的白光，接下來每個人都可以編得很精彩。」

他不懷好意地盯著外星人說道。

外星人眨眨眼睛——幸好他只有一對眼瞼。「我需要幫助，但是之前遇過的地球人似乎都極為抗拒宇宙中其他的生命形式？」

我連忙想表示來自地球的善意，道：「那是因為你的出場方式太嚇人了，我們當然歡迎外星人，在地球上也有許多功成名就的外星人，像超人啊，Lady Gaga 啊，他們都是頗有名氣的大人物。」

外星人恍然大悟道：「原來如此，我會仔細考慮與地球人交流的其他方式。」

我得意地說：「沒什麼，地球人都是很和善的。」

「當初我也應該跟你說我是外星人。」短命鬼酸溜溜地說道，「你的信賴還真是雙重標準，鬼和外星人不都是屬於當前科技無法解讀的範疇？」

「哼！」我撇過頭去，「你們這些惡鬼都只想著要報仇或是抓交替，跟你還有什麼好說？外星人就不同了，我們同存在於宇宙中，當然要互相幫助、和平相處。」

「你怎麼知道他們來不是為了侵略地球？」

「噗——」我掩嘴偷笑。「你看太多電影了吧，真會幻想。」

短命鬼看起來不太高興，我也適可而止不再理他，轉過頭笑容可掬地對外星人說：「那麼，你需要我幫什麼忙呢？」

「可以給我一點氧化氫嗎？」外星人指著自己潮濕的皮膚說道。

「氧化……啥？」

短命鬼靠在一旁，簡潔明瞭地道：「水。」

我連忙從腳邊拿起水瓶：「我有聖水，不知道對你有沒有殺傷力。」

外星人接過我用寶特瓶裝著的聖水就往嘴裡灌，沒三秒鐘就喝乾了，喝完後他吐了口氣，看起很舒爽的樣子。「我們種族的身體需氧量很大，同時用皮膚和肺呼吸，得時時保持皮膚濕潤。」

「你看吧！」我悄悄對短命鬼道，「他不是什麼妖魔鬼怪，要不然怎麼能喝了聖水還沒融化？」

他不置可否地哼了一聲。

「你要吃飯嗎？雖然我這裡只有御飯糰和吃剩的薯片。」我熱情地問。

外星人搖搖手，禮貌地道：「感激不盡，不過我們一個地球年只需進食一次，平常靠水和氧便足以生存。」

哇，那麼一年也只會大便一次？我忍著沒將疑惑說出。

「噢？」短命鬼挑眉找碴道：「需氧量大表示體內代謝快，怎麼會不需要熱量供給？」

「他是外星人，你別用一般常理去判斷。」我問外星人：「那麼，為什麼你會在這？」

「幾個地球日前我航行經過地球，因距離太近不慎撞上一顆畫著星條旗的衛星，造成太空船的導航系統和推進系統失靈，隨後墜落地面。」外星人解釋道。

「喔，難怪我這幾天想看NBA都沒訊號。」害我憤怒之下還打了幾十通的惡作劇電話去ESPN，原來是這傢伙造成的。

「我使用緊急彈出裝置與太空艙分離，安全降落地面後卻找不到我的太空船，應該是穿越大氣層時將發訊器燒壞了。而我隨身攜帶的通訊器也報銷了，無法向同胞發出求救訊號。」外星人落寞地說。

我聽得簡直要飆淚了，由衷地為他的遭遇感到心酸同情。我眼眶泛紅道：「真是不幸的遭遇啊，我想NASA一定有辦法解決你的問題。」

外星人疑惑道：「『那傻』是什麼？」

我熱心地說：「那是地球上研究外星人和火箭的權威，雖然表面上他們只會做觀測器和研究黑洞啥的，但大家都說太空總署和51區合作研究羅斯威爾的太空船遺骸，掌握了意想不到的技術。看他們有沒有辦法製造一艘太空船，用超光速咻一下就將你送回老家。」

「不不不！」外星人慌張地搖手，頭上的觸角豎立起來，「我聽說過地球知名的X檔案，這個組織會把外星人解剖研究，泡在甲醛溶液裡……」

「福馬林。」短命鬼俐落地插入註釋。

「然後供地球人參觀！我只要找到太空船就能自行修理，請千萬不要讓他們抓走我。」

「那是FBI做的事啦。不過既然如此，我只要幫你找到太空船就好了？」

想不到他對地球的誤解如此根深蒂固，本來還想說我應該是史上第一個發現活生生外星人的人，到時候肯定會一夕成名。

看到短命鬼一直在旁邊冷笑，我不爽呸道：「靠，你嘴巴抽筋？難道你有更好的方法？」

「沒事，我只是想知道你要怎麼幫他找。」

呃，這倒是個問題，難道我要用地毯式搜尋嗎？

「你知道太空船墜落的確切方位嗎？」我問外星人道。

那外星人愁眉苦臉道：「毫無頭緒，經過大氣層時就失去聯繫了，不過座標落差應該不出25地球平方公里。」

這真是棘手，我摸著下巴思考對策，但絞盡腦汁都想不到好法子，乾脆登報協尋好了。

短命鬼嘆口氣，似乎是看不下去了，有點不甘願地說：「太空船的體積一定不小……如果真的存在的話。」

「確實。」外星人聽不出他的話中有話，點頭道。

「所以，它墜落時被地面上的人看到也不稀奇……如果它真的存在。」

「喔！」我恍然大悟，「你的意思是，要去找目擊證人！哈哈，這麼簡單的方法我剛剛怎麼沒想到！」

「這是一般方向的思考，可能對你不適用。」短命鬼嘲諷道。

我假裝沒聽到，對那外星人道：「我們走吧，現在就去挨家挨戶問，看他們有沒有看到ＵＦＯ……」

「等等。」短命鬼伸出手擋下我，看似忍到極限了。「你是白痴嗎？你曉不曉得這『簡單的方法』要如何執行？」

「蛤？什麼碗糕……不就是找人？」

「……」

Chapter 3

尋找太空船

短命鬼很「友善親切」地告訴我該去哪裡找所謂的目擊證人。首先應該要先從媒體報導開始找，如果有人目擊太空船墜落，八成都會刊登在地方新聞版。

不過我翻遍報紙和網路新聞，就是找不著相關新聞。

遇到這種情況，第二個該找的就是最多人聚集的臉書，要是有人看到了不明飛行物體，一定會迫不及待地照相並po文。

人肉搜尋結果：0筆。

最後，就是那些研究UFO的社團了。通常這些社團成員沒事就會在頂樓呼喚宇宙的神祕力量，若幸運的話應該多少會有人目擊。然而，結果仍是令人失望。

「怎麼回事？你的太空船該不會是隱形的吧？」

多天的奔波都徒勞無功，我不滿地對外星人抱怨。他暫時住在我家裡，繼續待在那棟鬼屋只會造成更多無謂恐慌。我名正言順地從屋主那裡領取了大筆的驅魔費，而短命鬼難得地沒指責我詐欺。

更出乎意料的是，家裡多了個活生生的外星人，爛狗竟然沒有任何反應。從對我的態度來看牠應該是很排外的，卻對外星人不理不睬，難道是同為宇宙不明生物的同胞愛嗎？

「抱歉。」外星人觸角耷拉著，似乎不太有活力。「由墜落當時的速度和摩擦力來計算，應該不出附近。」

「喂！」我坐在電腦椅上轉了180度面向短命鬼。「還有其他方法嗎？你想的餿主意都行不通。」

他靠在落地窗旁，雙手交叉在胸前懶懶地回答道：「我怎麼知道要如何找出一艘除了本人之外沒有其他人見過的太空船？前提是太空船必須真的存在……」

「你幹嘛說話挾槍帶棍的？你在暗示他撒謊嗎？」我罵道。

「我可沒這樣說。」他兩手一攤裝無辜道。

「你分明就是這個意思！」

外星人跨了一步就從電視前瞬移到我和短命鬼中間，嚴肅地說：「請不要為了我破壞你們之間的和諧，對陌生人有戒心是應該的。」

短命鬼置若罔聞，我只好安慰外星人道：「不要理他，那傢伙就是機車，愛吹毛求疵，這世界上他只愛那條爛狗。」

外星人眨了眨碩大如碗的兩隻眼睛——這時我才發現他的眼睛結構看起來像是昆蟲的複眼，有點噁心——聲調平板地說：「抱歉，導致你們夫妻感情失和實非我所願……」

「等等等等等！」我打斷他，不可置信地掏掏耳朵問道：「你剛說什麼？夫妻？」

「是的，有什麼問題？」

「屁啦！」我暴跳如雷，「誰跟你說我們是夫妻？那傢伙和那隻狗都是寄生在我這裡的米蟲，我們是債權人和債務人關係！」

「抱歉。」外星人又道歉了，「在我的星球成年後就必須獨立，住在一起的只有夫妻，沒想到地球上還有其他種同居形式。由此看來，你是一家之主？」

「你這傢伙挺上道。」我拍拍外星人的背，他的衣服材質摸起來像是地球特有名產——塑膠布。「我很欣賞你，以後你來地球的話我罩你。你貴姓大名？我們應該多認識認識。」

「雖然我不太能理解地球方言，但還是多謝你的好意。我的名字無法翻譯成地球語，用我們星球的語言是這樣……」

接著，他張大了嘴巴發出了一長串在我聽來毫無意義的音節，聽起來像是之前很流行的估狗翻譯版 B-box。

我委婉地說：「我看還是叫你外星人就行了，既簡單又明瞭，再適合你不過了。」

「嗶嗶嗶嗶嗶——」

機械音尖銳地響起，害我剉了一下。爛狗正在打盹，被吵醒後一臉凶惡地看著我。

「這可不是我的手機。」我澄清道。

「是我的探測器！」外星人看著手表驚訝道。「我的太空船傳來座標，雖然訊號只有瞬間，但大概知道它的位置。」

「太好了。」我興致勃勃地說：「事不宜遲，現在就去把它找出來。我真應該買臺攝影機好見證這歷史性的一刻。」

若不算X檔案，我應該是全球第一個跟外星人交流的人類。到時候全世界的電視節目肯定會爭相採訪，再加上通告費我就名利雙收了。

短命鬼潑冷水道：「你別高興得太早，就算曝光了也不是什麼大事。美國官方早就正式確立判別外星生物接觸的科學分類機制，第一類目擊、第二類實證、第三類接觸，第四類綁架。你充其量只能算到第三類罷了。」

什麼?!這我倒是一點都不知道。綁架……我偷瞄外星人一眼，小聲問短命鬼：「那我綁架他能算上第四類嗎？」

外星人聽力不錯，他微瞇著雙眼道：「我來到地球之後第一次能和人類和平共處，我並不希望打破目前的態勢。」

他的態度這麼強硬我也無計可施，我思考了會兒後道：「那麼，我今天建立的是全新的里程碑，叫美國佬多加一項，第五類是不同星球間的邦交！」

「我也希望兩個星球間能夠建立起和平溝通的橋梁，不過當務之急是找到我的太空船。」外星人打斷我的幻想道。

短命鬼嗤之以鼻：「還真是奇蹟啊，失蹤故障的太空船突然又出現了。」

「不管怎樣，還是先去看看吧！」我沒理會短命鬼話中的酸意，逕自對外星人道：「我們快走吧……但是你不能去，要是這樣大白天走在街上，你一定會被抓起來的。」

「無妨。」外星人比比他的手表道：「我的探測器具備隱身功能，可以只讓你們見到我。」

我瞪大眼睛驚呼：「外星科技比我想像的要先進多了。如果我幫你找到太空船，你能給我一支那樣的手表當做報酬那就太完美了。」

短命鬼在我後腦勺一拍，喝道：「那也要你能使用才行，快走！」

外星人隱身指引我們前往太空船墜落的座標。他相當興奮地緊跟在我背後，喋喋不休地說著地球人的外型是他所見過最千奇百怪的，街道上的車流和人龍也讓他嘆為觀止，他從沒見過如此生命力旺盛的種族，尤其還生活在這麼狹小的地面上。

「外型不一樣是為了要吸引異性交配，而空間狹小是因為繁衍太多了。」我盡地主義務向他解釋道。

「我的家鄉遍地沙漠，氣溫換算成地球溫度高達攝氏80度以上，因為有三個太陽，我們只能生活在特殊礦物製成的透明防護罩裡，接觸自然的大氣對我來說是很新鮮的體驗。」

我看他一吸一呼很是快樂的樣子，心想還是不要提他吸進去的都是人工製造的廢氣。

走了半天，他的路線卻直直通往市中心，難道他的太空船墜落在都市內還沒人發現嗎？

「喂，你是不是走錯路啦？照理說太空船應該會掉在荒郊野嶺或是海裡才對吧？」我疑惑問道。

「它傳來的訊號就在前方不遠處。」外星人肯定地說，「我感覺得到，它就在那邊沒錯。」

最後，我們停在一幢大樓前。這棟大樓約莫二十多層，在摩天樓林立的都市內算不上雄偉，但由黑色石質的外觀和閃閃發亮的玻璃，看得出來這應該是中小企業的根據地，若硬要說太空船在這裡也太扯了。

「就是這裡，我的太空船在裡面呼喚我。」

……這傢伙該不會是想家想瘋了吧？這棟大樓完好無缺，不像被太空船砸過，如果真有這事，媒體定會大肆報導「911恐怖攻擊事件再現」之類的。

「或許是被他人發現後藏匿在此處？」外星人滿懷期待地說。

「怎麼可能，這裡又不是外星人研究所。」我看著一樓大門側邊浮雕著金色的「紐克利美商股份有限公司暨基金會」字樣說道。

「地球上大部分外星人研究機構，不也是以其他名義包裝？」外星人歪著頭說，「建在地下深處，派以重兵保護。」

「那都是電影效果，電視和電影裡的東西最不可靠了。」我看著站在門口的兩個穿著保全制服的彪形大漢道。「喂，這間公司幹啥的你知道嗎？怎麼警衛看起來像摔角選手？」

一路上保持沉默的短命鬼終於開金口了，他冷酷地對外星人說：「既然知道墜落地在這裡，就自己看著辦吧。」

這次我也贊成短命鬼的意見。「不是我不想幫你，但我不可能直接闖進去說要找一艘太空船。要是再被條子抓到，我老子大概就真的要跟我斷絕關係了。」

外星人站在原地沒有反應……其實我看不太出來他的臉部表情。我正想出聲時，他逕自邁步往大樓走去。

他的腿極長，走了幾步就將我遠遠甩在後頭。我三步併作兩步衝上去拉住他，濕冷得像是兩棲類的皮膚觸感害我打了個哆嗦，連忙放開他並在褲子上擦了擦手。

「你打算硬闖？若對方真是外星人研究機構，你的隱身功能可能無用武之地，到時真會被抓起來。」

外星人停下腳步，微微一鞠躬道：「我非去不可。多謝兩位相助。」

我這個人向來是吃軟不吃硬，但看到他如此迫切想找回太空船的樣子，卻也於心不忍……算了，要進警察局我也認栽了，若被逮到頂多是去和條子喝個茶。家裡就我這根獨苗，想必老爹也不可能狠下心棄我不顧。

我嘆氣道：「我想辦法闖進去，非法入侵也算是我的強項。」

「雖然無法上頭條，但社會新聞版面可能還挺適合你。」短命鬼冷笑。

我沒空嗆他，無奈地小聲說：「我已經開始覺得這筆生意划不來了。」

我繞了大樓一圈想從地下停車場進去，但每一個出入口都有警衛駐守，防範相當森嚴。

既然如此，就只能偷偷地鑽進去了，警衛總得要輪值或是上廁所，我就瞄準只有一個人看守的後門，就不信等不到空檔。

我躡手躡腳想繞到後門的崗哨旁，這個警衛的體格沒有其他幾個高大，如果需要硬碰硬我也比較有自信。

「小心！」短命鬼突然喝道。

我正在幹偷雞摸狗的事，被他這麼一叫差點連魂都飛了。正想回頭罵他時，我的領子猛然一緊，然後整個人被提起來。

一個警衛提著我的後領，凶神惡煞地盯著我道：「你這小鬼，鬼鬼祟祟在這幹嘛？你想偷東西？」

「咳、咳……」我被勒得說不出話。

他將我放下一點，我咳了好一陣子才有辦法說話：「見、見鬼了！誰要偷東西？這外面他媽的是你家停車場？」

「你皮癢！」

虎背熊腰的警衛怒氣沖沖地拉著我的領子就往後門拖。我用力蹬著腿，雙手向後亂抓邊大叫：「救命啊！有人要殺我！我操你媽的快放開我！」

外星人和短命鬼竟然袖手旁觀，完全沒有救我的意思。

「頂多鼻青臉腫，不會有什麼大礙。」短命鬼的雙手插在褲袋裡、自以為很瀟灑地說。

外星人的聲音聽起來抱著相當的歉意：「建議你採取非暴力不合作的策略。有句俗話說『強龍不壓地球蛇』，我實在無能為力。」

靠，你這傢伙充其量只能算是外星蚯蚓！

我決定自食其力，趁警衛沒注意時，從口袋裡摸出一串鞭炮悄悄點燃。

「吃我的機關炮！笨蛋！」我將鞭炮丟到警衛身上，鞭炮隨即發出絡繹不絕的爆炸聲，火花硝煙瀰漫，那警衛被炸得亂跳腳還邊慘叫。

「呿，比蟑螂還容易解決！」我得意地從地上爬起，從容地拍拍衣服。一隻手赫然從門後伸出，一把勒住我的脖子，用力將我的背包奪下。

原來還有個警衛在旁邊埋伏！更慘的是，口袋裡已經沒鞭炮了……

那個被炸成豆花臉的警衛面目猙獰地朝我走來，手腕上的青筋一條條浮起……完了，我命休矣！

「咦？等一下。」勒著我的警衛突然出聲，單手將我包包裡的東西全部倒了出來。

「你是幹嘛的？」他拿著我的吃飯傢伙——羅盤、草人、硃砂等等問道。

「老子是來抓鬼的！這棟大樓以前是亂葬崗，在這工作都會衰一輩子！」我雖然被人制著，但嘴巴可不能輸。

那兩個警衛驚訝地對視了一下，小聲地交頭接耳了一會兒，然後面露慍色地鬆開我的手。

「有屁不早放，臭小鬼！」豆花警衛啐道。

我被他們搞得一頭霧水，不過照這情況看來應該是暫時安全了，便不甘示弱地回道：「干你屁事，王八蛋。」

豆花臉警衛讓我跟著他從另一扇門走進大樓，然後直接帶我進電梯。本以為這家公司是做黑的，但大樓裡熙來攘往，倒真是個事業做得挺大的正常公司。

電梯裡其他員工似乎也不太習慣凶神惡煞的警衛，更何況他手裡還拎著一個善良公民，不住地用餘光偷瞄著我。

「喂，你要帶我去見你們老闆？難道要給我精神賠償？」我問。

警衛惡狠狠地瞪了我一眼，威脅道：「你最好別亂說話，否則有你好看！」

短命鬼和外星人也順理成章地進了電梯，對於這兩個冷血動物我連屁都懶得放一聲。外星人個子極高，進去電梯便顯得綁手綁腳的樣子，他彎著腰，兩手撐在電梯頂。

「這個地球人要帶我們去哪？為什麼上樓？」

外星人的聲音從耳邊傳來，一轉頭就看見他站在警衛後面，我趕緊「噓」他。

「無所謂，他無法感知到我的存在。」外星人很有自信地說。

電梯一路走走停停後抵達最高層，不用說也知道一定是老闆的辦公室，裝潢高級豪華，一整個暴發戶風範。

我沒等多久，就被叫進這層樓唯一的辦公室裡。首先看到的就是個漂亮大姐，其次才是超巨大辦公桌後的胖老頭。美女向我介紹，那位是老闆禿董，而她是老闆特助。

我悄悄嘆了口氣，大家都知道特助的工作基本上就是「那個」，只能悲憤又一個年輕女孩遭到魔爪了。

不過這老闆跟我想像中外商公司的年輕有為、操著一口英文的老闆很不一樣，他看上去更像是在黑道電影裡出現的流氓。

「聽說這次來的很年輕，沒想到還是個小孩子。」禿董狐疑道。

我清清喉嚨正色道：「我娃娃臉。別看我這樣，經驗可是豐富得很。」

「那麼，我先跟你說清楚這裡的情況……」

「等等。」我打斷他，搓搓手指頭代表「錢」的意思道：「你要給我多少錢？這應該比較重要吧？這是我的原則，一開始就要先講好，省得最後又有意見。」

禿董露出個激賞的表情，點頭道：「你倒是很直接。」

他從抽屜裡拿出支票本，填了幾個數字給我看。我第一個想法是：我需要戴眼鏡了，上頭數字還真多。我揉揉眼睛看清楚，差點連眼珠子都要掉出來了。

第一個數字之後接了四個零！足足五位數！沒想到現在的企業出手這麼闊綽，八成是被告怕了，因此所謂的精神賠償都高得足以封嘴。

禿董看到我的臉就知道我對於這金額有何想法，道：「既然如此，我們來談正事。」

短命鬼伸手將我張大的嘴巴闔上，我吞吞口水等待禿董的教誨。

十分鐘後。

「所以，你是要我驅鬼？」

禿董莫名其妙道：「要不然叫你看風水？」

原來是樓下警衛誤認我為老闆請來的抓鬼天師，雖然是誤打誤撞，至少也讓我少挨了一頓揍。

外星人驚訝地在禿董旁邊繞來繞去，好像在看什麼稀有動物。「真是驚人，這個地球人頭上沒有半根毛髮！難道他的基因跟我們族人比較類似？」

「如何？你有什麼想法？」禿董問。

「咳咳，我遠遠地就可以感應到這裡有著不尋常的陰氣，但不是很明確，給我點時間。」

我一邊使眼色叫外星人不要搗亂，拿出八卦羅盤和探測用紡錘，裝模作樣四處感應陰氣和不明靈體。

「你隨便敷衍一下，就說你功力不夠就行了。」走出辦公室後，短命鬼恬不知恥地道。

我對他比中指：「老子懶得鳥你，這筆錢我一定要賺。你剛剛對我見死不救，這筆帳我還記著咧。」

「既然如此……」外星人渴望地看著我道：「你能否利用這個機會幫我找太空船？」

雖然他剛剛和短命鬼一樣袖手旁觀，但看在他只是個手無縛雞之力的外星人的分上，只能勉為其難地答應。

我跟禿董說因為牆內鋼骨的關係，擾亂磁場也阻擋了陰氣來源，必須多花一些時間慢慢調查。

從頂樓開始一層層往下找，越找越覺得可疑。這裡看起來就像是一般公司，員工來來去去忙碌著，也看到不少躲在茶水間閒話家常的大嬸們，照理說這是上班族常態，可是每層樓的電梯間前都還有一扇玻璃大門，由兩個高大壯碩、穿著黑色西裝的保安守在門口，每個出入的人都要開包檢查。除了頂樓，每層樓皆是如此。

就我所知，通常只有科技公司需要在員工下班時檢查，以防攜出公司機密，外商公司哪有這種規定？更何況這裡的檢查更嚴格，簡直把員工當恐怖分子看待。

「你注意到了嗎？」短命鬼突然問道。

「你指這裡每個人看著我都像是看著過街老鼠嗎？」我沒好氣地說。

他搖頭，道：「這裡的員工都少了一樣重要的東西。」

我皺眉看他，正想罵他不要在這種時候開黃腔時，驀地一驚。原來這就是我從方才就一直感覺到的違和之處！

這偌大的公司裡，竟沒人玩手機。放眼望去，辦公桌上也都未見到手機的影子，這對手機成癮的現代人來說簡直是天方夜譚。

而且這是間外商公司，雖然不清楚他們的主要經營方向，但商業貿易絕對少不了跑業務，業務絕不能沒有手機。我看眾人勤勞地講著電話，用的都是桌上型電話，實在太不合理。

「這公司剝削情況挺嚴重，竟然連手機都不讓人帶。這麼怕員工上班時間用Line聊天玩手遊嗎？」我嘖嘖稱奇著。

短命鬼蹙著眉頭，沒多說什麼。我知道他的顧慮，是非之地，不宜久留。

「喂，你沒感覺嗎？趕快用你的意念找到太空船。」我催促道。

外星人露出為難的樣子。「我的確能感覺到它就在附近，不過來源很模糊。可能要再靠近一點。」

「你動作快點啦，集中精神。我不想在這裡待太久。」

我口中念念有詞，假裝著全神貫注探測著陰氣聚集處，從那兩個保安中間穿過時簡直如坐針氈，自覺就像一頭待宰的豬。

等我找到地下最後一層的停車場時，外星人還是一臉苦惱。「我覺得應該再更下去一些……」

「再往下就是地基，除非你是在恐龍時代墜落的，否則不可能會在那裡。」我的聲音在停車場裡迴響。

外星人左右摸索著，最後乾脆趴在地上像隻大壁虎般爬來爬去地感測，頭上的觸角顫動不停，似乎十分篤定下面一定有什麼。

不一會兒，他像發現新大陸似地跳起來道：「就是這裡，就在這下方！」

我走近用腳踢了踢，蹲下仔細按壓地面，那是一塊平坦堅硬的水泥地面，跟這停車場其他地方沒兩樣。我斜眼問他：「你要我怎麼下去？把地板鑿開？」

「我不清楚地球人對於這種狀況的應對方式，不過在我的星球……」外星人振振有辭。

「算了，我去跟禿董說下方磁場異常，請他找人挖開。」

我說完就打算回頭，短命鬼這時出聲了：「我下去看看。」

他慢慢地下沉，身體沒入水泥地裡。我真沒想到他還有這種用處，竟可以隨心所欲穿牆遁地，這能力讓人嫉妒得牙癢癢的。

他沉到一半戛然而止。他用力跺了幾下，但身體還是下不去。短命鬼蹲下幾乎整個人陷入地面，似乎兩手摸索著腳下的立足點，抬頭對我道：「這下方果真有些玄機，連我也進不去，應該是做了嚴密的防範。」

「蛤？你是說這下面還特地做了防止鬼進去的措施嗎？」我奇怪地問。

「或許不是刻意，但這底下確實藏著重要的東西。一般人對事業方面多少有些迷信，就連黑道分子談判前都會燒香拜佛，所以說在重要的地方貼些符紙、設立神壇也不無可能。」短命鬼沉吟道。

「所以說，太空船在下面囉？」我興奮道，「這裡一定是研究外星文明的機構，他們發現了墜落的太空船便拖來這裡，怕死去的外星人鬼魂跑來作祟，加了結界啥的。」

「太好了，那我們要怎麼進去？」外星人雀躍道。

「我想，這裡一定會有隱密的入口，我們三人分頭找找。」

我指揮短命鬼和外星人分配尋找區域，不能放過任何一寸地面或是一條管線；我拿著伸縮式桃木劍邊走邊敲，除了聲音也特別注意牆壁和地面的接縫處；短命鬼直接把手穿過牆壁，靠指尖的觸感探測；外星人繼續趴在地上，我也不清楚他想幹嘛。

最後，除了電燈開關之外，我們什麼都沒找到。

我癱在一輛車的引擎蓋上休息，真是有夠浪費時間的！遇到這外星人之後，就不斷做著這種徒勞無功的事，我一開始打的如意算盤沒一項實現。

可惡，還是想辦法甩掉他好了，等一下問問短命鬼有什麼點子，他好像也不太想鳥那個外星人。

我回到最高層向禿董報告進度。

「這棟大樓的陰氣非同小可，完全驅除要花上好幾天。」我拿著硃砂筆邊畫符邊說，「把這些符貼在辦公室裡，鬼魂就不會出現，不過沒辦法擋很久。這個惡鬼功力高強，很難對付。」

在我說話的同時，還感覺得到外星人強烈的眼神攻勢，我只好硬著頭皮問道：「我剛剛沿著樓層找尋來源，始終沒找到，不過有個地方很可疑，就是地下三樓。」

禿董的瞇瞇眼突然瞪大並凌厲地看著我，嘴上卻平淡地問：「喔？那不是停車場嗎？」

「是、是啊。」我回答得有些遲疑。「據我的調查，有問題的不是停車場，而是在那之下，陰氣似乎是從下方傳來的。我想請問停車場下方還有樓層嗎？」

「什麼都沒有。」禿董斬釘截鐵地說。「這棟大樓就只有地上二十五層加地下三層，沒有其他了。」

我心中疑竇頓生，他的態度實在反常。「請您想清楚，如果要把惡鬼連根拔除就務必要配合我。地下一定有其他東西吧？例如說藏了什麼不可告人的祕密……」

禿董的臉瞬間垮了下來，凶相畢露。他陰森森地說：「你到底是什麼人？為什麼知道這些事？」

我忙退後了幾步，這禿頭的臉簡直像殺人犯一樣。「我只是把我所感應到的說出來罷了！」

「那你沒感應到地下有什麼？」他眼神狠戾地問。

「若是知道還要問你?!」我大叫。

說時遲那時快，禿董一直在桌面下的手倏地舉了起來，拿著一把漆黑光亮的手槍。

我被嚇得呆立原地，連跑都沒想到要跑。

短命鬼當機立斷，在禿董的手扣下扳機前，抄起旁邊茶几上的花瓶就朝他頭上砸。

花瓶碎了，禿董也倒了。

「你殺了他?!」我不可置信地問。

「他沒死，剛剛是攻擊他的後頸讓他暫時失去知覺。」

「可是，他的後腦勺流血了耶！」

「手滑了。」短命鬼聳聳肩道。

我保持鎮定走出辦公室大門，特助小姐抬起頭對我嫣然一笑道：「辛苦了。大師，已經完成了？」

「是、是啊，今天到此為止，剩下的要分幾天完成。」我的雙腿不住發抖，只能握緊拳頭盡量讓聲音不至發顫。

她很好心地送我到電梯，便回座位忙她手邊的事。

我一衝進電梯就軟倒在地，短命鬼幫我按了下樓，我只能祈禱特助小姐不要急著進去幫禿董搥背倒咖啡。

外星人躊躇了一會兒，似乎還不太明白剛剛發生的事。「這個……地球人都這麼暴力？」

「對啦，地球很危險，你趕快回火星！」我沒好氣說。「這一定是黑心企業，在做什麼見不得人的生意，要不就是政府祕密部門，祕密被發現就要殺人滅口。」

「我想這已經跟外星人研究沒關係了。」短命鬼陰沉地盯著外星人道：「你到底是什麼人？為什麼要引我們到這裡？」

外星人舉起奇長的兩隻手臂搖頭道：「我只是想找回我的船……」

「好了啦，你別疑神疑鬼的。」我阻止短命鬼繼續恫嚇，轉頭對外星人說：「你現在知道了吧？我沒有餘力幫你了，你好自為之吧。」

外星人沒出聲，抬頭正想說什麼時，電梯猛然劇烈搖晃了一下便停住了。

「完了，被發現了！」我看著螢幕的樓層顯示停在七樓，哀號道。

短命鬼將頭伸出電梯門觀察情況，然後轉回來道：「外頭沒有保安，應該是被派去找你了。」

他伸手探向我的背包，拿出我隨身攜帶的假桃木劍，用力往電梯門縫插下拉出點間距，接著兩手伸進門縫裡，用力將電梯門扳開。

我們停在離七樓地面有些距離的地方，短命鬼率先跳了出去，然後抓著我的手將我從那大約三十公分高的開口拉出去。

外星人也跌跌撞撞地跳了下來，因他手長腳長，花費了很大的力氣才把自己拉出來，肢體彎曲的程度已經超越人類的境界了。

我一站起身就想往安全門的地方跑，短命鬼拉住我道：「現在電梯都停了，你想他們會走哪裡？」

他蹲下來示意我伏在他背上，雖然不知道他想幹嘛，但情況危急，我也不好跟他爭辯，將背包綁好便跨上他的背。

「不要出聲。」短命鬼站起來時叮嚀道。

他一說完竟然就往電梯走，前方可是黑洞洞的深淵耶！

「喂，你該不會帶我一起自殺吧?!」我大叫。

短命鬼沒說話，逕自往前走。他伏低身體探入電梯井並靠著四肢修長的優勢抓住電纜。我瞬間明白他的意圖，連忙手腳並用想爬下來，我對特技表演可沒興趣！

這時才發現他竟然把我背包的帶子牢牢地繫在他身上了，我根本動彈不得！

「不要出聲。」他說。

遠處傳來急促的腳步聲，聽起來像是特種部隊的靴子踩在地上的聲音。那些保安回來了。

「安靜。」

他再一次告誡，然後抓著電纜繩躍下！

我們快速地滑下去，快到我都無法分辨是不是「掉」下去，只能閉著眼睛緊抱著短命鬼的脖子。

在空中墜落的身體赫然停住，劇烈的晃動讓我瞬間的想法就是「要死了」，花了幾秒鐘調適才敢睜開眼。

我們還在半空中，短命鬼依舊抓著電纜支撐我的重量，腳底下空蕩蕩的還沒到地面。

「這是地下一樓。」短命鬼解釋道，「你抓著，我要開門。」

「哇——」

外星人的聲音在我頭頂響起，我往上看，他的身體像藤蔓般纏著電纜，正瑟瑟發抖。

「哇靠！你給我抓牢一點！」我大叫，「要是掉下來，我們可是會跟你一起遭殃耶！」

「抱歉，我們星球的人都患有地球稱為『懼高症』的不治之症……」外星人連話都有點講不清楚了。

我連忙伸出手越過短命鬼的肩膀用力攀住電纜，他則一手抓著電纜、一手去開電梯門。扳出個小縫之後，他便把腳跨過去，靠手和膝蓋用力頂開門。

短命鬼將我拉出電梯，我癱軟在地上直喘氣。

「我沒失去記憶前也是跟你這樣出生入死嗎？」我奮力坐起來問。

「算是吧。」短命鬼拉著我站起來，「快走！」

停車場的出口沒半個警衛在，大概都跑上樓去準備逮我。我攔了輛計程車迅速逃離犯罪現場。

一到家我就直衝電腦前，key了「紐克利美商公司暨基金會」搜尋。這看似是間規模不甚大的中小企業，並未上市上櫃，主營國際運輸和進出口代理。不過在那工作過的員工倒是都說過這間公司禁帶手機的奇怪規定，進公司時的搜身便是檢查是否攜帶3C產品。

至於禿董請我去抓鬼也似乎真有其事，幾個員工宣稱晚上在公司加班時遇到靈異現象，聽起來極其荒謬可笑。

除此之外，這間公司看起來並沒有任何可疑之處，為何他們的老闆會在辦公桌裡備槍，以及地下三樓之下到底有什麼祕密，依舊無從得知。

我坐在椅子上轉了一圈面對短命鬼，他就站在我的電腦桌旁，嚴肅地盯著螢幕。我問道：「喂，你知道那是怎麼回事嗎？那家公司暨基金會一定是做黑的吧？像雷曼兄弟一樣？」

「雷曼兄弟是什麼？地球的邪惡組織？」

外星人的聲音插了進來，他竟然又偷偷摸摸地跟來了！我回頭一看，他就站在後方一臉好奇。我罵道：「你這傢伙給我隱形起來，看到你就一肚子火。」

「我不明白為何看到我會讓你著火，這是地球人的特殊習性？」他一臉無辜，「我想要一點水……」

「廚房水龍頭開了就有！」

我將注意力轉回螢幕，看著網站介紹大叫：「哇靠，他們的基金會竟然還是公益取向，致力於環境保護。那個禿董怎麼看都不像是環保人士。」

短命鬼思忖道：「我對這家公司似乎有些印象，但僅止於公司名稱。會讓我有印象的，八成不是好事。」

他身為警察，記著的東西大概就是通緝犯和違法操盤之類的。

「短命鬼，該不會是你的怨氣太重了吧？聽你之前說的，我三天兩頭就會遇上事耶。」我嘟囔著。

他若有所思地看著外星人道：「我必須聲明，這次我完全不知情。」

外星人沒答腔，他看起來就像是被蛇盯上的青蛙般手足無措。

唉，至少我平安脫困了。躺在床上打開電視，突然覺得這種無所事事的生活真是平安又愜意，當初真是鬼迷心竅了才會想要利用外星人大賺一筆。

「轉回去！」短命鬼突然厲聲道。

我吃了一驚，遙控器掉在地上。爛狗很快地衝過來一口咬住遙控器。牠最近的興趣是啃食任何我失手掉在地上的東西，包括我的腳。

「神經病，嚇得我的心臟都要跳出來了！」我心有餘悸地罵道。

短命鬼從爛狗嘴裡拿走遙控器轉到新聞臺，年輕漂亮的記者正蹩腳地播報著，她站的地方看起來相當眼熟……嚇！那不是黑心基金會的大樓外嗎?!

我目瞪口呆地看著菜鳥記者結結巴巴地說，今天有人闖進大樓企圖行竊，還將公司負責人打傷了，做案動機尚不清楚云云，接著公布了監視錄影畫面拍到的凶嫌樣貌，請民眾指認，然後畫面一跳，出現一張彩色照片。

照片中的人無庸置疑是我，但連續放了幾張照片，我立即發現雖然身形清楚，但臉部就如同按快門時手震一樣模糊不清。

我敢肯定警方不是基於未成年人保護法把臉打上馬賽克，然而此時此刻我所擔心的已經不是被逮捕的問題了。

「完了，我快死了！之前看過的鬼片也是這樣，快死的人照相是照不出來的！」我慘叫著。

「那是我做的。」短命鬼淡然道，「經過監視器時舉手遮住就會照不清楚，本來只是以防萬一，沒想到還真的搞出亂子。」

我鬆了口氣，趴在電腦桌上道：「原來是你！嚇死我了，還以為我要見閻王了咧。」抬起頭，第一次覺得這短命鬼挺有用處，感激地說：「幸好你未卜先知，不然我大概已經被找到了。」

短命鬼冷笑道：「你覺得這樣就抓不到你？說不定警察已經來到樓下……」

情。

他話還沒說完，門鈴聲尖銳地響起。我看看短命鬼，只見他露出「你看吧」的表

「一定是住樓上的歐巴桑，她最喜歡拿她老家寄來的柿子乾和番薯給我。」我連忙扯過衣服胡亂套上，就衝去開門。

打開門，站在門外的兩個人正是警察。

Chapter 4

無間行動

我被請到警局協助調查……還真被短命鬼那烏鴉嘴說中，我被警察盯上了。

我穿著皺巴巴、上面印著「Suck My Dxxk」的睡衣，侷促不安地坐在偵訊室裡。刑警坐在前方，一副人贓俱獲的得意樣。

「你今天早上九點到下午兩點之間人在哪裡？」他凶惡地問。

「我家。」我鎮定地回答。

「有任何人可以證明嗎？」

外星人自告奮勇舉手道：「如果有必要，我可以現身幫你作偽證。」

「人證……」我偷瞄短命鬼和外星人，「算是沒有，狗倒是有一條。」

那刑警用力一拍桌子，連茶杯都震倒了。「你今天去了紐克利公司大樓吧？這是照片！」

他扔了一疊照片在桌上，就是那些監視器畫面。

我拿起來仔細端詳，道：「哇，照片這麼模糊還看得出玉樹臨風來，肯定是個帥哥，只可惜不是我。」

「少耍嘴皮子！那棟大樓的警衛也證實了，今天去行竊搗亂的人就是你！」

「啥?!有人看見我?」我驚訝說道。「他的眼睛糊到屎了?」

「沒關係,你就繼續胡扯吧。現在現場正在做採證,等一下你就沒話說了。」

我跳起來大叫:「大哥,這也太誇張了吧?你們該做的是去調查是否有離職員工對老闆懷恨在心,而不是來栽贓我這個毫無關聯的無辜老百姓!」

刑警一臉不屑道:「我們調查的結果,你就是最大嫌疑人。」

門口對講機響起,刑警接了電話後就走出去了。

「這世界真是太沒天理了!我才沒偷東西咧。」我趴在桌上對短命鬼說道。因為偵訊室有錄影,要是被人看到我對著空氣自言自語,八成會有麻煩。

「你本來也是想騙錢的。」短命鬼無情地說。

「地球的執法單位真是有威嚴。」外星人一臉佩服的樣子,「我相信他們會還你清白的。」

我歪嘴道:「你懂個毛?條子最擅長的就是栽贓嫁禍了,一定和紐克利有利益輸送關係。」

「我的星球也有此等困擾。」外星人感嘆,「即使是高度文明的星球也會有這些弊端。」

「你心有戚戚焉個屁啊！還不都是你一直說太空船在那邊，我看是被紐克利扣留了，太空船肯定值錢。」

門霍地打開了。這次進來的是個高大的年輕男人，雖然頂著頭亂糟糟的鳥窩髮型，也無法遮掩他的陽光氣息。

「嗨啾，小鬼，沒想到幾天不見你又惹出事情了。」他非常開朗地打招呼。

我疑惑地看著他，沒好氣道：「閣下何人？老子我跟你很熟？」

「那是小重。」短命鬼道。

我仔細想想，短命鬼的確提過這麼一個人物。他是短命鬼生前的部下、少根筋的蟲哥。前幾天我在醫院醒來之時，他和爛狗分別躺在我的兩側。

「你是重……蟲哥？」我問道。

那男人皺眉道：「我的確是。不過你怎麼怪怪的？才幾天沒見好像就不認識我的樣子。」

唉，又要解釋一次了。我舉起兩隻手各伸出兩根手指頭比了個引號：「根據『第三方無關人士』所說，我應該是失憶了。」

偵訊室應該都有錄音錄影，牆壁上大鏡子的另一邊肯定還站著一大票刑警，某些關鍵人物及劇情可不能說。

「失憶！」蟲哥大驚小怪地說。「這不是連續劇才有的狗血橋段？你該不會得了阿茲海默症？組長沒跟你來？」

我眉頭一皺，心罵這呆子竟沒看出暗示，把我的用心良苦全打水漂了。

「你說的傢伙現在就在我旁邊。」

蟲哥似乎看不見也聽不見短命鬼，但還是朝我身旁恭敬地敬了個禮，雖然他不站在那。

「從陰間回來後我就看不見組長了。」蟲哥摸著後腦勺哈哈地笑，「那你又是怎麼回事？」

……既然如此，我也不管那麼多了。「應該是上次從陰間回來造成的衝擊吧，第三方無關人士說的。」我打量著這個兩光的傢伙，感覺比我更像是撞到腦袋的樣子。

「你沒事嗎？沒有失去記憶？」

「完全沒有。」蟲哥搖頭，「一切作息都恢復正常。」

他在我面前坐下，興沖沖道：「那時候我在醫院醒來就沒見到你了，還以為你們拋下我先出院了，原來發生了這種事。你忘了什麼？只忘記我嗎？」

「不只你，我也不記得短命鬼和爛狗。」

「哈哈，你的遭遇比小說還離奇。」蟲哥笑得很欠揍。「沒時間閒話家常，我就單刀直入了，為什麼你會捲入這個案件？」

我瞄瞄短命鬼，他點頭示意我可以說。我將一切娓娓道來，不過還是省略了外星人的部分，說明我是去那抓鬼的。

「……所以說啊，他們的地下室一定藏了見不得人的祕密，說不定太空船……不，是屍體都在那下面咧！」我慷慨激昂地站了起來，「蟲哥，你趕緊指揮特種部隊還是霹靂小組去攻堅，拆穿他們的真面目！」

蟲哥苦笑道：「不能這樣做，沒有證據是不可能隨便闖進去的，到時候要是反告我們就糟了。」

「真是……等找到證據，他們都毀屍滅跡了！若那老闆想對我不利怎麼辦？我敢說他一定和黑道勾結，自己長得就像流氓。」我不滿說道。

「有組長在你身邊就可以放心。」蟲哥掛保證說。「我想你可能不記得，不過你以前跟組長感情好得如膠似漆，我站在旁邊都覺得像電燈泡。」

「小重。」短命鬼冷淡地說。「你說話的口氣就像三姑六婆。」

蟲哥雖然聽不到，但似乎感受到來自地獄的陰氣，他驚慌地閉上嘴，唯命是從的樣子看起來相當沒用。

「你們真的不能做些什麼？」我問蟲哥，「那個禿頭真的違法持有槍械，光是這點就足以逮捕他了吧？」

蟲哥面帶歉意地說：「雖然你可能認為是狡辯，不過在檯面上他們是做正當生意的公司，我沒有權限搜查。」

「這我也不是不知道……」我吶吶道，「只是被誣陷讓我覺得很不甘心，沒辦法像香港電影一樣派臥底進去查探嗎？」

蟲哥問了些例行性問題便放我走了，對於其他刑警，他的說法是我的身分特殊，所以在找到證據前先暫且保留。

可惡，跟條子待在一起，感覺沾了滿身晦氣。回家時，我特地繞到附近的菜市場，跟賣水果的阿婆要了一袋柚子葉，還買了碗豬腳麵線，等會兒一定要徹底地去去霉氣。

我全身泡在浴缸裡，拿著柚子葉拚命搓洗。外星人大概是對同為綠色的東西感到親切，拿著柚子葉用他的觸角探測成分效果。

等我走出浴室時，全身又紅又痛，連衣服摩擦都會感覺到熱辣辣的痛，所以我只穿了最低限度的衣物——一條四角褲。

「你快搓下一層皮來了。」短命鬼從報紙後抬起頭道。

「那就是地球人的特殊習俗嗎？這樣做就能趨吉避凶？」外星人好奇問。

「我還巴不得吃掉那些柚子葉，真是流年不利……靠！你這爛狗在幹嘛?!那是我的晚飯！」

爛狗把我的話當耳邊風，趴在桌旁自顧自地啃著我的紅燒豬腳。我連忙衝到桌子旁一看，碗裡只剩下糊成一大塊的麵線，連塊豬皮都沒留下。

我頓時只覺得天崩地裂、悲痛欲絕。剛剛在攤子上我已經聞到流口水了，洗澡時腦子裡只想著豬腳，結果竟然被橫刀奪愛。

「不用擔心，007不是一般的狗，偶爾吃一次高鹽分的食物也無大礙。」

「鬼才擔心牠啦，那隻爛狗吃掉一整包高級精鹽都不關我的事！問題是你為什麼沒有好好看著我的豬腳！」我對著短命鬼怒吼。

他聳聳肩，擺出個無可奈何的姿勢說道：「我一時不察就……」

「騙肖欸！你一定是故意的，我會相信你才有鬼啦！」我暴跳如雷地說著。

不過，再多說什麼都沒用了。我悲哀地看著剩下的麵線，只能加點熱水、拌點調味料湊合湊合。

此時我才終於明白，洗再多柚子澡、吃再多豬腳麵線都沒用，因為招致晦氣的根源……就在家裡！我流著眼淚和著麵線往肚子裡吞，一邊陰毒地瞪著那兩個災星，如果靠意志力就能殺人，他們一定會被我千刀萬剮。

「可惡！」我大叫，嘴裡的麵線噴得到處都是。

「牙齒痛？」短命鬼揶揄道。

「不是……是有一點痛啦！不過那不是重點！我不能再任人宰割了，說不定被那些警察賣了都不知道！我要揪出他們的小辮子，查出他們違法藏匿的太空船，這樣才能證明我的清白！」

「怎麼個查法？」

我胸有成竹道：「俗話說不入虎穴，焉得虎子。所以，我要混進去！」

外星人在一旁沉吟道：「根據地球人的常識，月黑風高時採取行動才是上上之策。」

「怎麼可能！」我粗魯打斷他道，「要是再被抓到我就死定了，我會幫你找，但要是到時候發現根本沒有飛碟，我就把你裝在玻璃瓶裡泡著福馬林寄到NASA！」

外星人縮了一下，支吾道：「人、人家只是……」

「不要說『人家』！你從哪學來的，娘斃了！」

「WWW，全球資訊網……」

次日。

「你要是不剪頭髮要怎麼改變外表？還是你打算就這樣進去？」短命鬼拿著剪刀一臉陰惻惻地說。

「幹嘛一定要剪？我戴假髮也可以啦！」我一步一步地後退。

短命鬼突然一個大步跨上前，剪刀用力一揮……剪開了爛狗的飼料袋。他邊倒著飼料邊說：「你的照片都登上新聞了，還是把頭髮剃掉比較好。」

「我靠！你分明是想整我吧？只是變裝哪需要剃光頭！」我指責道。

為了再度混入紐克利，我絞盡腦汁後發現他們有在人力銀行徵才。短命鬼幫忙寫了個漂亮的履歷和自傳，我則偽造假身分，投去了之後竟然隔天就收到面試通知。果然天助自助者也，再也沒有比這更好的機會。

外星人舉手想要發表意見，為了表示我很開明就允許他發言。

「我建議你用我們第一次見面時的裝扮，真的判若兩人。」

我想了一下，那時我全身貼滿符咒，活像棵會走路的聖誕樹。「那不行啦，情況不同，那不是變裝，是避邪。」

外星人似懂非懂地點點頭。

短命鬼斜眼掃射過我的全身，說道：「那剃眉毛好了……」

「肖欸！你不知道人家說看臉知全身？看鼻子就知道『那裡』多大，看眉毛就知道『下面』有沒有毛，我可不想讓人認為我那裡光溜溜的。」我理直氣壯地說。

他皺眉道：「這是什麼歪理?沒有科學根據。」

「我贊成這位大哥的說法，像我們族人也是全身沒有半根毛髮……」

「誰管你有沒有毛?」我轉向短命鬼：「要剃眉毛我還寧願去畫一個『阿兩』眉，保證沒人認得出!」我咄咄逼人地說。

他沉默了會兒，道：「你寧願讓別人覺得你那邊……毛茸茸的?」

「怎麼樣都比沒毛好!」

短命鬼思考了一下說：「我們各退一步，你的眉毛我就不全剃了。不過起碼要修得稀疏一些或是短一點。你放心，眉毛很快就會長出來的。」

「好吧，只要不是光禿禿的就可以。」

「但你頭髮非改不可，改變髮型看起來就會差很多。你要潛入裡頭還是謹慎一點比較好，若是被認出來，這次可沒那麼容易脫身了。」

他說得也對。我的目的是混進去而非面試，所以第一印象越驚世駭俗越好，重要的是要讓自己不被抓到。

「那我戴假髮好了。」我說完就去翻箱倒櫃，翻出了一頂之前生日時不知道是哪個白痴送的爆炸頭假髮，往頭上一戴對短命鬼道：「怎麼樣，還不錯吧？」

他臉上充滿鄙視：「當然，跟你很配。」

「我戴著進去，若是被逮著了就直接將假髮拿掉、換件衣服，我還弄來了另一張假身分證以防萬一。」

短命鬼幫我戴上假髮，原本的頭髮梳得扁塌塌地緊貼在頭皮上，密不透風的感覺實在很難受，我忍不住就想去抓。

「別動，否則可能會失手。」

短命鬼一手扣著我的臉，一手拿著剪刀和刮鬍刀幫我修眉毛，還東看西看、左修右刮的，一副他在做什麼藝術品似的。刀鋒冰冷的觸感讓我有些擔心。我提醒他道：「喂，你小心一點，可別剃太多。」

他還把我頭上的假髮做了些小修剪，看起來沒那麼誇張。弄了老半天，他總算滿意了。

我轉頭一看浴室鏡子，差點沒尖叫出聲，短命鬼竟然把我的眉毛修得長短不齊，一邊粗一邊細。

他一臉輕鬆愜意地說著風涼話：「至少這樣沒人認得出你，要變裝就要徹底一點。」

「簡直面目全非了好不好！」我悲痛地大叫。

我頹喪地步出浴室，臉朝下趴在床上，感覺全身的力氣都被抽乾了。

「我覺得你的變裝很成功，就算是你母親看到一定也認不出來。」外星人自以為安慰地說道。

「眉毛大約兩個禮拜就會長出來了。」短命鬼聳肩道。

「我失去的不是眉毛，是尊嚴。」

我從床上跳起走到衣櫃前，把裡面的鹹菜乾翻出來。「既然要搞噱頭，就不該不上不下的，穿西裝去太沒趣。」我拿著一件黑色T恤問道，上面畫著一個金光閃閃的巨大虎頭。「就穿這件配長風衣外套，風一吹過就像吳宇森的電影主角一樣瀟灑。」

「請別穿如此低俗的衣服，我都為你感到可恥。」短命鬼皺眉道。

「喊，我只是想做全套。」我沒好氣地扔下衣服，問道：「對了，他們每一層都有保安，我被帶到樓上人力資源部後要怎麼潛到地下三樓去？」

短命鬼沉吟道：「這不好說，還是見機行事。」

我毅然決然否決。「你不是很愛計畫嗎？這時候最需要的就是A計畫和B計畫，最好還有備用的C和D計畫。我可不想再被抓了，若不能想到好法子的話，我們乾脆另想方法。我覺得可以揪兄弟們一起，在那些上班族回家之後偷偷潛入……」

短命鬼斜睨著我，一臉不以為然。「你覺得保全系統是做什麼用的？」

我抬手，冷酷地說：「寡人心意已決，不必多言，退下。」

他沒理會我，繼續道：「公司大樓不僅有保全系統，更是二十四小時都有人員看守，你貿然前去僅是讓更多人陪你進感化院。」

我思考了半晌，心想老子我犯案累累，一學期內出入警局的次數比大部分的人一輩子都多，這樣的人才感化院不收更待何時？

短命鬼像是看出我的心思般冷笑了聲。「有勇無謀可不是目前需要的。若被警察逮到還算好事。」

「啥意思？」

「你絕對不會想被公司的人直接抓到。」他言簡意賅地說。「我認為他們私下處理的可能性極大。」

我想了想，囁嚅道：「可能嗎？紐克利畢竟也是有臉面的大公司，若傳出去可不好聽。」

「你覺得你的小命比他們隱瞞的祕密值錢嗎？」

說得也對，那時候禿董都拿槍指著我了。

我訕訕然拿起手機，心想短命鬼應該是故意誇大其詞要我知難而退，但老子假意奉承，實則另謀他法，我就不相信全身而退如此困難。

正搜尋著電話號碼時，手機忽地鈴聲大作，著實讓我受到不小驚嚇。我看著上面的來電顯示，是蟲哥。

他畢竟是個警察，正好在我計畫犯罪時打來，感覺有些發毛。這個蟲哥該不會有著敏銳的犯罪嗅覺吧？我可沒聽短命鬼提過。

本想置之不理，但短命鬼示意我接電話。一按下通話鍵，蟲哥的聲音如雷貫耳，震得我聽力受損不少。

「小鬼，我調查了下紐克利，結果你一定猜不到。」他得意洋洋道。

「知道我猜不出就不要廢話了，快說。」我對著手機以同等音量吼回去。

「紐克利的老闆，和琛哥是舊識，似乎和青道幫有生意往來。詳情超過我負責的範圍所以就查不到了，總之你要小心，禿董會利用青道幫剷除自己的競爭對手，雖然你只是小嘍囉，但也千萬不要輕舉妄動……」

我恨恨地回頭瞪著短命鬼。他不用靠近就聽清楚了蟲哥的話，只是擺了擺手，做出無可奈何的模樣。

我切掉通話，不禁緊握著手機，按捺著將它丟出去的衝動。我知道罪魁禍首是誰，不值得為他造成財務上的損失。

那麼，所有的計畫都要取消重來了。目前看來，最好的計畫就是及早抽身，躲起來直到風頭過去。無論是太空船還是地下三樓下方所埋藏之祕密，一切都再與我無關。

我想了想，拿起手機點開通訊錄，是時候打電話向老爹道歉並說明我的處境了。

就在此時，手機再度響起，這次是阿屌。

阿屌向來是個悶葫蘆，連手機都不常使用，這麼個始終貫徹著沉默是金的傢伙竟主動打電話給我，屈指數來也不過是第二次。

上一次他打電話給我還是高一的時候，他得知幾個三年級學長看我不順眼，計畫在學校附近堵人，於是打電話警告讓我躲過一劫，我們還一起繞到學長們背後偷襲。對阿屌來說，電話是報憂不報喜的工具。

驀地有種不祥預感，我兢兢業業地按下通話鍵。

短命鬼察覺我的異狀，蹙著眉頭緊瞅著我。

我掛上電話，螢幕上顯示著通話時數八秒。如果電話公司是以分計費的話肯定賺翻了，然而我無暇思考手機費率是否划算，抬起頭對短命鬼道：「他們找到學校去了。」

短命鬼神色一凜，沉聲道：「馬上離開。」

「等、等等……我收拾行李！」

我手忙腳亂地找著皮夾，順手拿了扳手和球棒等防身工具裝進行李袋。

「沒時間了。」短命鬼不耐煩地催促著，一邊指揮外星人到陽臺去盯著樓下動靜。

「我乾脆去投案好了，至少在警局或看守所裡可以保障我的人身安全。」我自暴自棄地說。

「別天真，警局裡一定有青道幫的眼線，否則他們怎會如此迅速找到你？投案後隨便編個理由不起訴，青道幫只要在外頭守株待兔就好，基本上你現在是插翅也難飛了。」

「怎麼辦？為什麼我一個大好青年要被黑道通緝啊！完了，我可能看不見明天的太陽了……」我氣急敗壞地說。「你這可惡的帶賽外星人，都是為了找你的破火箭才會這樣！」

「那不是火箭，是太空船……」

「誰還管你啊！那我現在該怎麼辦？去找老爸嗎……不行，他出國去了，找他也沒用。」

「你們要逃亡嗎？」外星人從陽臺回頭朝著屋內大喊，銀色外衣在陽光下閃閃發亮。「如果找到我的太空船，我很樂意讓你們跟我一起離開地球，你們可以成為地球上第一次星際旅行的先驅……」

「不需要！」我惡狠狠拒絕，「就是因為要找你的太空船才害得我被通緝，老子沒空理你！」

短命鬼也無視外星人道：「總之，你現在不能待在這裡或是朋友家。找個小旅館，之後每天都要換據點。對了，拿出手機。」

「每天換旅館也太誇張了，找我的又不是中情局。」我說著掏出手機給他：「吶，在這。」

「丟掉，他們可以靠手機追蹤你的位置，反正你逃亡時也不需要用到。」

我本來想將手機SIM卡取出就好了，但短命鬼堅持讓我丟掉電話。手機的GPS定位太過強大，他認為我一定會忍不住連上wifi玩遊戲，那麼就非常容易被追蹤到。

然而這支手機裡存了不少遊戲進度，逃亡期間也得要有打發時間的娛樂，我趁短命鬼到樓下打探情況時把手機塞進包包深處，還警告外星人不要多嘴。

我環顧四周，房間裡乾淨得像是一般人的住所，突然覺得有些惆悵。這個房間裡滿載著回憶，我永遠記得第一天住在這裡和胖子他們開的瘋狂喬遷派對，第一次帶女朋友來試圖上二壘時的天人交戰，或是第一次見到鬼嚇得屁滾尿流……

「喂！」

我猛然回過神來，看見短命鬼不知何時已經站在我眼前了。

「幹嘛！你要嚇我？我早習慣了。」我撇嘴道。

「追來了！」

我這時才注意到外星人一臉緊張的樣子，連爛狗都從床上跳下來，警戒地瞪著門口。

我手忙腳亂背起背包就往門口衝，短命鬼一把扯住我道：「他們已經進入巷口了。」

「你怎麼不早點跟我講啊？虧你還說要在樓下監視！」我罵道。

「我按了幾次門鈴都沒回應，所以才直接上來。」

呃，剛剛一時恍神倒也無法怪罪其他人。我連忙道：「那不重要啦！怎麼辦？我要往樓上逃嗎？然後再從頂樓跳到隔壁大樓……」

「這棟公寓與其他建築物之間的防火巷至少都有六公尺寬，除非你是世界跳遠紀錄保持人才跳得過去。」

「那你說要怎麼辦？堅守崗位、負隅頑抗？」

「跳下去。」

我翻了翻白眼：「哈哈，非常好笑。可以有建設性一點嗎？」

短命鬼的表情平淡得好像他談論的是今晚菜色，語氣卻是不容置喙的強硬。「這是你現在唯一的活路。」

我思考了半晌才明白他是認真的，不由得瞠目結舌。

「我帶著你跳下去，我會保護你。」他說著已經開始往陽臺移動了。

「啥！你的意思是要當肉墊嗎？」我難以置信地說。跳樓對於鬼魂可能不會有太大的物理傷害，但我相當明白人類從這高度著地會有何下場。

短命鬼沉吟道：「我可以實體化以有效減少瞬間衝擊，不過這高度所產生的重力加速度可能需要耗費很大的力氣，我也拿捏不準，至少我會盡力不摔到你。」

「這、這樣不太好吧？」我結巴地說，「不如衝下去跟他們拚了。你拿扳手，我拿榔頭，見一個敲一個。」

「不行。我現在無法接觸其他生命體，無法保證能完全保護你突破重圍，更何況他們人數眾多，只要堵在樓梯間你就插翅難飛了。」

短命鬼拉開陽臺門，颳進來的風吹得窗簾不斷飛舞。

外星人被吹得東搖西晃，連站都站不穩。他的手撐在天花板上，憂心忡忡地問：

「我也必須跳下去嗎？」

「你這傢伙！我應該把你搓成繩子爬下去！」我罵道。

他瑟縮了一下，遲疑地道：「我還是從樓梯走下去好了，你們不用顧慮我。」

「誰管你啊！」

爛狗看起來相當憂慮地在短命鬼周圍打轉，牠想用鼻尖頂他，但依然穿了過去。

我心裡湧起一股說不出的滋味。連爛狗都知道這行為有多危險，可短命鬼為了救我似乎將自己的生死置於度外。我很想解釋成因為我是唯一能幫助他的人，所以他必須盡力保護我，但我的內心深處也明白，短命鬼和我之間的關係並不是三言兩語就能說清楚道明白。

短命鬼我並肩站在陽臺欄杆前，探頭出去看都覺得頭暈目眩了。

「那個……」我支支吾吾地說。「很抱歉我還是想不起來，過去……」

「你記不起來也無所謂，我不在乎，只要你能任勞任怨、做牛做馬就行了。」短命鬼揚起個意味不明的笑容。「抓著我。」

「抓？要怎麼抓？」我伸手抓住他的手臂。

他不耐煩說：「抱著我的身體。」

我立刻否決：「我才不要！你要我像無尾熊那樣巴著你？先不論兩個男人抱在一起有多gay又尷尬，我自己身為男子漢的顏面何存啊！」

「你要尊嚴還是要命？青道幫已經上來了。」

我不由得回頭一看，聽到我的房間門正乒乒作響，應該是有人在外面想要破門而入。

我一咬牙用力從正面抱住短命鬼，然後遲疑問道：「我從背後抓著你如何？」

他沒說話，兩手扣著我的身體，就一腳踩上欄杆。我往下看，只覺得這可能是我最後一次見到陽光了。

說到底，短命鬼終究是鬼，掉下去也死不了，但我只是血肉之軀，若是有個萬一，下場可能就是變得支離破碎。

「我後悔了！我寧願跟青道幫一決生死！」我慘叫著，「放開我！要跳你自己跳就……」

話還沒說完，短命鬼已經踏出欄杆了。

感覺到身體急速下墜，我不由得慘叫出聲：「靠——！」

我知道我殺豬式的哀號一定響徹大街小巷，但這時候就算一堆美眉圍繞在樓下觀看我自由落體的英姿，也避免不了這種由衷發出的慘叫。

我緊閉著雙眼攀住短命鬼的身體，手腳發麻，覺得自己幾乎要放手了。過去美好的回憶一幕幕浮現，遺憾也一個個冒出。

我還記得當初靈魂出竅時，發誓再有這種機會一定要擺脫他去到處偷窺；也想到我曾信誓旦旦地跟他說，抓到幕後主使的最佳人選非我莫屬；還有那隻賤狗遲早有一天一定要收服牠，讓牠對我畢恭畢敬……

腦海裡的跑馬燈已經回顧完我的一生了，但似乎還沒有落地的跡象。我睜開雙眼，馬上就為我的愚蠢舉動後悔不已。

我從短命鬼的肩膀看過去，正好看到灰黑色的柏油路地面與我光速接近中。在落地的剎那，他用力一扭身，我們便朝花圃滾去，這樣做的確有效減少了不少衝擊力道，我們跌在灌木叢上連翻了好幾圈才停下來。

我們跌成一團，我維持著趴在短命鬼身上的姿勢，全身虛軟無力。

天殺的……我們竟然成功了！我還活著！

短命鬼立即回神，將我拎起丟在一旁，抱怨說：「你勒得我動彈不得，差點就功敗垂成，剛剛真以為要再死一次了。」

……我也以為要死了咧！我的嘴唇翕動著，聲音還是縮在喉嚨裡沒出來。

短命鬼迅速站起身道：「先等等，我上去看看007的狀況。」說完，他一個閃身就消失在我的視野裡了。

我躺在花圃裡，心中充滿著對於生命的詠嘆，深深覺得活著真是太美妙了，要是我這次能死裡逃生，一定要金盆洗手，以傑出青年為目標奮鬥。

樓上傳來喧鬧聲，還有武器相交的撞擊聲，其中還雜著淒厲的嚎叫。

我緊張地爬了起來往樓梯間衝去，就看到個恐怖的身影由上往下席捲而來，竟然是爛狗！牠衝下來之後瞄了我一眼，竟頭也不回地就狂奔出去。

難道牠的狂犬病發作了？我正想短命鬼到哪去時，他敏捷地落在我面前，開口道：「快跑！」

我一時腦袋轉不太過來，只疑惑著這一鬼一狗在玩些什麼把戲？他見我還愣著，一把扯過我的手就開始拖著跑。

「喂，你沒聽說過嗎，被通緝的時候只能走不能跑，反正我現在這樣子連我媽都認不出來。」我邊跑邊問。

「剛剛007教訓了他們一頓，所以……相信我，現在是逃跑的時機。」短命鬼理所當然地說。

「你在開玩笑吧？你是說現在爛狗要跟我們一起逃亡？」我難以置信問。

「沒錯。」

「你有沒有搞錯啊！哪有人逃亡時還帶著狗?!我還能靠偽裝混過去，那隻爛狗要怎麼辦？」我吼道。

「我再重申一次，007比你有用多了，而且牠也可以變裝……」

「牠要怎麼變裝？拉皮?!」

「我料想得沒錯，該擔心的是你而不是牠。」

短命鬼毫無同情心地說著。我相當佩服他無論在什麼場合都能保持機車的平常心，但現在並不是貧嘴的好時機。

這裡是離我家有些距離的一處暗巷，我跑得上氣不接下氣，因為帶著狗根本無法搭乘大眾運輸工具，更沒有一個神智正常的計程車司機願意讓狗上車。

我們就這樣不停地跑著、跑著，跑到我都快把肺吐出來了才停下。

在這惡劣的條件下只有我氣喘吁吁，短命鬼根本不用呼吸，而爛狗看起來呼吸平順，彷彿剛剛跑的那段路程只是從客廳到廁所的距離。

我彎下腰雙手撐著膝蓋，努力地想汲取氧氣，邊大口喘氣邊罵道：「爛狗，你走遠一點，空氣都不夠了。」

牠抬起後腳在耳後搔了搔，一副狗眼看人低的模樣。

「牠太引人注意了。」坐在地上，我補充道：「乾脆把牠丟到動物旅館，或是找個我哥兒們寄養算了。」

「我不放心。」

「拜託！我敢跟你打賭，那些人一定對牠避之唯恐不及！誰還想跟牠交手第二次啊，沒被咬得稀巴爛才奇怪。」我受不了地說，「之前賤狗……」

我講到一半戛然而止，心想著這個脫口而出的名字，賤狗……很顯然的是我失憶以前稱呼牠的方式。而剛剛墜樓時似乎有什麼記憶閃過，但那些片段稍縱即逝，現在怎麼想也想不起來。

「我們剛剛嘗試自殺時，我似乎想起一些事，不過又忘了。」我對短命鬼道。

「哦？看來果然還是需要刺激療法，這種方法對於找回記憶似乎是最有效的。」短命鬼交叉雙手睥睨著我道。

「這種刺激再來幾次我可受不了！」我虛脫地說，赫然想起一件重要的事。「對了，外星人咧？」

他聳了聳肩。賤狗嗅嗚兩聲，表示不知道。

我直起身體，貼著牆走到巷口，左右張望了好一陣子都沒看到他。「完了，是不是出了什麼亂子被青道幫抓起來了？會不會是他的手表壞了不能隱身？」

「除非琛哥出馬，否則他應該不會有太大問題。」短命鬼淡然道。

「你說的那個琛哥連外星人都會抓？你可沒跟我說他這麼萬能。」我驚訝地問。

短命鬼瞄了我一眼，好像我問了啥蠢問題。「我也應該跟你說過了，那傢伙不是……」

還沒說完，赫然一個竹竿影闖入眼簾，外星人氣喘吁吁、狼狽地跑了進來。看到我們，他才鬆了口氣，接著軟倒在地。

我吃了一驚，連忙上前查看他的狀況。「你沒事吧?怎麼現在才來?」

外星人躺在地上大口大口喘息，頭上的觸角也垂落地面，看起來比我還慘。「方才到了一樓也沒見到你們，只見到兩位養的犬科動物從樓梯走下來，但牠跑得太快了，我根本追不上，便靠著手表的探測功能找來了。」

「那是因為你跑太慢了！」我忍不住指出癥結點。「虧你腿這麼長，卻軟趴趴的像章魚一樣，一點力都沒有。」

「這是我們種族的生物特徵，大概也是我們和地球人之間的唯一不同之處。」外星人說，「我們不像地球人有骨頭支撐身體，而是靠組成身體的粒子之間的連結形成……」

「反正你就是跑得慢！」

Chapter 5

逃亡風波

暫時逃離危機後，最大的問題就是今天晚上要去哪落腳。

一般旅館通常不會讓寵物進去，更何況比起寵物，賤狗更像會走路的凶器，而短命鬼又堅持要帶著賤狗，省得牠以為自己被拋棄，造成無可彌補的心靈創傷。雖然我覺得賤狗才會成為別人的心靈創傷。

好不容易找到一間破爛旅館，付了雙倍房錢才讓他們勉強答應賤狗入住。我在填寫資料時，櫃檯人員相當熱心地解說鎖碼頻道付費標準，不過礙於短命鬼在場，我只能忍痛拒絕。

外星人聽了鎖碼頻道後，一臉狐疑道：「為什麼要看脫光衣服的雌性地球人還要付錢？我們星球的人本來就沒有穿衣服了，我身上這件是為了適應不同地方的溫差，所以才必須穿的。」

我趁櫃檯去翻本子時對外星人道：「難道你看過沒穿衣服的地球人嗎？老實說這一點我也覺得很奇怪，冬天也就罷了，夏天應該要崇尚自然、啥都不要穿，否則越穿越熱是穿心酸的喔。」

「就是啊。」外星人點頭，「我也覺得能不穿就不穿比較好。」

我用力拍了他一下，讚賞道：「真不愧是經歷過大小事的宇宙人，目光長遠，和狹隘的地球人就是不一樣！」

櫃檯領著我們到了房門口便走了，我等他消失在電梯裡時，才拿出鑰匙卡先敲了敲門。

短命鬼見狀問道：「你做什麼？」

「出門在外，這點小常識你都不知道。」我白了他一眼。「進房門前一定要先敲門，跟裡面的『住客』說有人要進去了，否則會觸怒他們。你幼稚園小學國中高中大學沒去畢業旅行嗎？這應該是畢業旅行標準常識啊。」

短命鬼面無表情道：「我畢業很久了，你要是怕的話讓我進去說一聲就行了。」

說完，他竟然就真的穿進房間裡了。大概過了一分鐘，我開始懷疑短命鬼該不會是想要撇大條怕我知道，所以就找了藉口先進去。正想敲門時，賤狗對著房門狂吠了起來。

「哇！」外星人也突然大叫，還面露懼怕地往後退，他的長身體整個沒入後方的牆壁裡。

「噓！」我趕緊阻止賤狗，至於外星人隨便他怎麼搞都無所謂。「笨狗！你可是非法居留耶，別叫了！」

倏地，一顆頭從門板浮出來，大概就是房間原本的「住客」，嚇得我趕緊轉頭假裝視而不見。

……咦？那梳得一絲不苟的髮型好像很眼熟？我斜眼偷瞄，那顆死人頭果然是短命鬼，他正一臉「你白痴啊」的表情看著我。

「你不會出聲啊？嚇得我假髮差點掉了。」我不爽說著。

「我在想你怎麼還沒進來。」

「你又沒說好了沒，我怎麼知道要不要進去啊？」

他露出詫異的表情道：「你剛剛沒看到有人出去？」

我顫抖了一下，罵道：「你說什麼屁啊，哪來的人？我只看到你這討厭鬼而已！」

短命鬼從門板後浮出，指著房間道：「就如你所說的，這房間已經有房客在了，他剛剛直接從門口出來，007……和那傢伙應該是看到了。」

外星人這時才顫巍巍爬了起來，灰綠色的手指著門板的方向道：「我看到有個地球人穿牆而過，他的臉，噢……真是嚇死我了。」

「哇靠！還真的有好兄弟在裡面！」

「什麼是『好兄弟』？」外星人問道。

「就是剛剛穿牆過的那個人啦。其實他們不是人，地球人死後如果靈魂沒去陰間報到或沒上天堂，留在這邊的就是阿飄啦！所以說，一般地球人是沒辦法穿牆的。」我向外星人解釋道。

「看來你的見鬼能力似乎是時有時無。」短命鬼道。

「我才不想看咧！」我粗聲粗氣地拿鑰匙卡開門，「你確定沒人了吧？」

「有沒有都無所謂，反正你看不到。」短命鬼諷刺道。

我推開門，短命鬼將房內電燈打開，我在門口確定沒看到奇怪的東西才進去。

一進門我就迫不及待地扯下假髮，讓我悶了一天的頭皮得以解放。

我將假髮隨手扔在床頭，然後飛身而上，讓自己陷入充斥著旅館廉價洗潔精氣味的床單裡。「累死我了！我真是不懂逃亡這麼累，為啥還有一堆人要犯罪再跑給警察追？他們很享受這種亡命天涯的刺激嗎？真是有夠白痴……對了，剛剛那位房客，應該不是什麼怨靈吧？他怎麼死的？」

短命鬼正倒水給賤狗喝，他將碗擱在角落，頭也不回道：「問這種私人問題是很失禮的。不過，那位仁兄的樣子不太好看。」

「我可以證明，他的臉……」外星人想要發表他剛剛所見。

「不准說！」我趕緊從床上跳起來，靠到短命鬼旁邊，「該不會就是死在床上的吧？我看還是弄個紫外線或魯米諾來測試血跡反應好了，說不定整個房間都沾滿血咧。」

「你怎麼知道這個？」他看來有些驚訝。

「CSI誰沒看過啊？每一集都大噴血，血漿灑不用錢的。」我說著邊盯著床鋪，想像有人在床上被一槍解決。

「你放心，那位住客身上沒有血跡。」他環視房間，露出種微妙的表情。「就算沒有凶案發生過，一般飯店房間也像抽象派的畫布一樣讓人嘆為觀止。」

「噁！」我揮手阻止他說下去。「老子等會兒還要睡覺，別噁心了！你也別晃點我，等我睡到一半時才幽幽地說『雖然沒有血跡，可他也沒有頭』。」

「他不是沒有頭，而是沒有……」外星人亟欲分享他的所見。

「閉嘴！」我選擇無視他，邊檢查包包裡的傢伙邊說。「為什麼他們會知道我住哪？有點擔心青道幫去找我老爸，雖然以他的財力勢力是足以自保啦。」

短命鬼幫我將包包裡的垃圾拿出來。「基本上，警察知道的事，他們就一定會知道。青道幫的勢力遍布全國，若要逮人，可能比警方還有效率。」

我頭痛地躺在床上，無可奈何道：「天啊，被黑幫追殺比被警察通緝要恐怖多了。看電影就知道，通常黑幫下了格殺令的人都逃不掉，但十大通緝要犯卻怎麼抓都抓不著。」

他沉吟道：「現在外面情勢還不明朗，你有信得過的人嗎？要能保證他絕不會洩漏你的行蹤。」

「當然就是我那幾個肝膽相照的哥兒們，他們都是鐵錚錚的正港男子漢，絕對不會出賣我的。」我像獻寶一樣說道。

「他們……」短命鬼思忖著，「我見過他們幾次，雖然跟你一樣無腦了點，但應該靠得住。那麼，明天就去找他們。」

「搞什麼啊！鬧了一整個晚上……人家是搞車震，他們更厲害，整個房間都在震動了！」我睡眼惺忪罵道。

現在已經是中午了，我才剛被短命鬼挖起來。雖然睡了將近十二小時，但完全沒有睡飽的感覺，害我現在一肚子火。隔壁一整晚呻吟與啪啪齊飛，煙味共酒氣一色，又臭又吵得讓人無法生出半點旖旎感，只覺得煩。難怪房間便宜，如此環境誰能受得了？

「我也聽到了！」外星人插嘴道，「所以我就去隔壁看看發生了什麼事，我看到……」

「靠，你這變態外星人！」

「這裡本來就是愛情賓館，你管得著別人？」短命鬼毫不在乎地說，「等一下和你朋友見面時，問清楚情況之外，順便向他們借些錢。」

「幹嘛要跟他們借錢？我自己有錢啊，之前打工的錢還夠用。若沒有那隻拖油瓶的話能撐更久。」我指著依舊呼呼大睡的賤狗道。

「青道幫這麼大陣仗應該已經驚動警方了，而你是案件關係人，失蹤的話他們也要把你抓出來，這時候就會監控你的帳戶，掌握帳戶金錢流動資料或是信用卡消費紀錄。」

短命鬼拿著假髮走過來。我苦著臉道：「還要戴？我真的快禿了啦。」

「戴假髮和剃光頭這兩種方法最有模糊辨識效果，你要選哪一個？」他冷酷地說。

「……拿來啦。」

我埋伏在他們到撞球間的必經道路，縮在小巷子裡的垃圾桶後，不過等了半天連個鬼影子都沒瞧見，難道錯過了？難道他們趁我不在時有了新的據點?!

糾結了半晌後，便看見胖子龐大的身軀出現在街口，接著其他人也都出現了，一個不少。

「喂！這邊！」胖子經過時我趕緊出聲叫他們。

他們停了下來，一臉不解地看著我，然後有志一同地一起轉身就要走。

一定是我身上的偽裝讓他們認不出來……我只好叫道：「胖子，是我啦。」

「啥?!」胖子總算轉身正視我了，還一臉凶惡地捏著手指關節道：「你叫大爺我什麼?你很暢秋喔，有種再叫一次來聽聽！」

阿屌拉住胖子道：「你看清楚。」

「看清楚這龜孫子幹嘛！」胖子端詳了我好一會兒，才恍然大悟叫道：「老大！你的眉毛怎麼禿了？」

一聽到眉毛，我額頭青筋都浮了出來。悻悻然瞪了短命鬼一眼，我壓低聲音道：「小聲一點，先過來再說。」

他們全都鑽進來，狹巷內頓時擁擠不堪。小高馬上迫不及待開口道：「老大，你被通緝了耶！學校裡那些高三青道幫的嘍囉還放話說，不管你逃到天涯海角都會逮到你。」

「我們還以為你已經掛掉了，連電話都不接。」

「嗚，人家以為你已經被做成飼料了……」

他們七嘴八舌的，我只好提高音量道：「我是被陷害的，我到那紐克利大樓只是誤打誤撞，結果就他們就硬給我冠上個偷竊及殺人未遂，竟然還出動了黑道勢力。」

「是喔，我還以為你是想為民除害咧。」胖子驚訝道。

「怎麼可能！我吃飽沒事幹！」我怒道。「紐克利以為我發現了他們的祕密，所以才編了個罪誣陷我。」

阿屌嘆了口氣道：「全校鬧得沸沸揚揚，都說你宰了某個堂口長老的小弟，所以他們嚥不下這口氣要找你算帳。」

我翻白眼道：「拜託，死一個人也不會讓他們這樣勞師動眾。一定是紐克利付錢搞的。」

「而且，昨天條子也來學校找我們協助調查。看樣子，你已經被列為正式嫌疑犯之一，條子也已經對你發布通緝令了。」阿屌道。

「不會吧?!」

胖子粗聲道：「條子還好辦，要是被青道幫先抓到，我們就只能來世再見了。不如你去找警察好了，可以要求他們的保護。」

「不行，我的消息八成就是從警方那裡洩漏的，投案等於自投羅網！」

問題一多，頭皮也跟著癢了起來。我不顧假髮歪掉、搔著後腦說：「可惡，你們在學校裡幫我打聽一下。我記得有幾個孬種常常在學校說自己加入了青道幫，囂張得很。去問問他們，是要抓死還是抓活、懸賞金多少之類的，我心裡才有個底。」

「那幾個傢伙應該是唬爛的吧？不過我會把他們抓起來嚴刑拷打一番的。」胖子摩拳擦掌道。

突然沉默下來，幾個兄弟都憂心忡忡地看著我。

「你現在躲在哪？是不是營養不良所以掉眉毛？要不要去人家那裡？我爸媽因為發燒，懷疑是H1N1被隔離了，這幾天不會回來。老大你可以先住我家，我家樓下有二十四小時保全……」菜糠說著，眼淚還撲簌撲簌地掉下來。

「靠夭啊！」胖子受不了地說，「人又沒死你哭屁啊，本來沒事，被你這樣一哭保證帶賽！」

「躲你那裡大概不用兩小時就會被抓了，大家都知道我們關係最好，說不定警方已經在監視我們家了。」阿屌說道。「對了，你現在四處躲躲藏藏，花費應該很大吧？」

阿屌說完掏出自己的皮夾拿出一張金融卡，從口袋掏出麥克筆在背面寫上幾個數字，遞給我道：「這是我的提款卡和密碼，你拿去用。」

我愣愣看著他，阿屌直接將東西塞進我手裡。

小高和菜糠見狀，也爭先恐後地將自己的金融卡都翻出來給我。

胖子在身上摸了老半天遍尋不著，非常豪邁地掏出皮夾裡的鈔票塞給我道：「我不用那小家子氣的東西，老子都帶現金！」

「我們能幫你的大概就只有這樣，要是我有警政高層或是當議員的親戚就好了，只要去關說一下，這些哪成問題？」小高一臉心酸地說著。

我默默地抓緊了手中的東西，心裡感動得無以復加，不過我沒道謝，憑我們的交情還說謝謝，感覺太虛偽了。

「那些錢月息算十分就好，下個月開始計利，先償還的部分可以全扣本金。怎樣，這是友情價喔！」

「……死胖子。」

「對了，你接下來要去哪裡？」小高問道。

「要不要先去鄉下避一避？你老爸應該有登記在女朋友名下的別墅？」阿屌說。

「我看還是乾脆偷渡出境好了，要不然去港口找艘遠洋漁船，看有沒有要開去印度洋或祕魯、一年半載都不會回來的……啊！捕鯨船啦，一去都夠久的，等你回來後可能都已經過法律追溯期了。」胖子與高采烈地說著，彷彿他已經準備要搭捕鯨船去觀光了。

「哪來的捕鯨船！」阿屌罵道。「現在只剩日本人敢抓鯨魚。」

「那要怎麼辦？游泳渡海喔！」胖子嘴賤回道。

我搖頭制止他們一觸即發的情勢，道：「不，我目前還是會待在這裡。」

他們張大了眼睛瞪著我，好像要趁我死之前看上最後幾眼。小高嘴巴大得可以吞下自己的拳頭了：「神經病，你真的會被做成水泥塊喔。」

「總之你們在學校打聽一下，後天來這裡集合，我會在剛剛巷口的牆腳寫上下次碰面的時間，你們來之前盡量到處繞繞，不要直接來這裡。」

臨走前，我們又彼此生離死別了一番，大家都眼眶含淚地說下輩子要再做兄弟，我們之間的情誼一定是從前世延續到現在。說得我感動得要命，當下便決定也要來個巷子裡五結拜，不過說到「不求同生，但求同死」時，胖子馬上一溜煙跑掉了。

他們走了之後，我呆立原地看著他們離去的背影，湧起了股世事無常的感嘆，不曉得還有沒有能夠平安相見、大家把酒當歌的一天⋯⋯

「你演夠了沒？」短命鬼冷不防地插進一句，打斷我的傷春悲秋。

我怒道：「吵死了，你這冷血的臭條子！」

「要說冷血也沒錯，因為我容忍你的耐性也所剩不多。」

外星人在一旁似乎很感動地說：「地球人之間的友情就叫做狼狽為奸吧⋯⋯」

短命鬼看著我手裡的提款卡道：「至少你現在餓不死了，我想警方應該不會監控你同學們的帳戶。」

「廢話，要是這麼做也太扯了。媽的，為什麼條子也要抓我？難不成是青道幫對他們施壓？威脅說要是不發布通緝令，以後就不給甜頭之類的。」我猜測道。

「你看太多電視了，就算內部有人跟黑道勾結，也不可能因此就光明正大幫他們抓人，最有可能就是發現了決定性的證據。」他眉頭微皺，似乎已經預料到了。

「哪有這款代誌?!該不會真的靠指紋就說我是凶手吧？」

「你當時每一層樓都摸遍了，這大概是人贓俱獲以外最好的證據了。」

「他們怎麼不用腦袋想想，哪有小偷會蠢到在犯罪現場留下一堆指紋啊！」我懊惱地說。

「警方可能也想，哪有小偷會蠢到行竊時不戴手套呢。」

「雖然我不太懂地球人的習慣，」外星人正襟危坐道，「但根據你們的文獻資料，我想，你會不會是被附身了？」

「這不叫附身，是走霉運！」我糾正他道，「也有可能是被詛咒了，不過又沒做什麼事，到底有什麼人要詛咒我？」

短命鬼嫌棄地說：「你還敢說自己沒結仇？你在外結下的梁子，就我在你身旁這一段日子來看，已經多到數不清了，更何況是之前？」

「那不算啦！那都只是些雞毛蒜皮大的事，哪有人心胸這麼狹小、被我K幾下或是在他店門口塗鴉、還是用他的資料訂購物頻道的沙發組就要詛咒我倒大楣？這麼小肚雞腸的人只有你啦。」我忿忿地說。

「你的太保根性還真是深植體內了。」他一臉輕蔑地說。

「吵死了，你不也是一臉條子樣？」我不爽地回道。

「什麼是『太保』和『條子』？是指像猴子和凶巴巴的人嗎？」外星人問。

「才不是這樣！」

雖然現在草木皆兵，但我想說既然都偽裝出門了，乾脆去晃晃，不過被短命鬼打了回票。我據理力爭，頂著這造型絕對沒人認得出來，就算認出來了說不定還可以模糊焦點，引誘他們反向思考追蹤云云……

不過，最後我還是乖乖回旅館了。一開門進去，賤狗就跑過來對著短命鬼撒嬌，還發出那種想要去散步的叫聲。

他溫言跟牠解釋說外面在追緝我們，所以不能帶牠出去。我不曉得牠是否聽懂，不過對於短命鬼的說辭我嗤之以鼻，唯一原因就是賤狗實在太醜太顯眼了，如果牠長得像隻普通的狗，我還會考慮讓牠出去放放風。

「真是一隻不錯的犬科動物。」外星人摸著賤狗的頭稱讚道，「我的星球也有類似這種生物，不過是作為食物用的。」

「你要是不怕中毒，賤狗給你吃。」

我躺在床上看電視，旅館裡唯一能做的事就是轉臺了，而這家旅館又超他媽黑心，只有無線頻道可以看，要看其他有線臺就要收費，看鎖碼頻道還要多收二倍！看部A片大概就可以抵一晚上的住宿費了。

短命鬼見我對著電視長吁短嘆，他只是搖頭，一副我是身在福中不知福的紈褲子弟的樣子。「你的逃亡生涯也算舒適了，我還沒見過逃犯還能大剌剌地住在有空調和淋浴設備的旅館，甚至還有電視和客房服務。」

外星人目不轉睛地看著地球人的戲劇節目，也表示贊同道：「我之前到其他星球勘查時，不小心闖入未標示的私有地。結果被巨蟲族追殺了好幾個太陽系，到處躲躲藏藏，還為了避免被他們的感熱裝置偵測到，躲在沼澤裡呢。」

「拜託，逃亡又不一定要住在荒山野領的鐵皮屋或是垃圾堆裡啊，被通緝就很慘了，當然要盡可能讓自己過得舒服一點。」我抱怨道。要真是這樣，我這種溫室裡長大的白斬雞一定會叫苦連天，然後直接投案。

短命鬼不置可否地冷哼了一聲。

「說起客房服務，我在想這間旅館該不會就只有一個人吧？那位中年大叔昨天我來的時候是跟他登記的，晚上叫宵夜也是他送來，剛剛來換床單的也是他，他該不會身兼數職、一個人當十個人用吧？我要勸他，至少廚師要換人，這裡的餐點難吃到連賤狗都不吃。」我忽視賤狗投來的殺人目光道。

他沒理我，我自討沒趣，只好繼續轉著臺順便練習動態視力。當我練到可以在○．一秒內看清楚正在播映的畫面之後，也已經對這運動感到厭煩。

「喂，外星人，說些你的事吧。」

外星人突然被點名似乎很驚訝，他苦思半天道：「那麼，我就從當初宇宙大爆炸、我的星球形成那時開始說起……」

「肖欸，我看 Discovery 頻道就行了。」我啐道。

「可是這很重要的，一個生命體所在的星球是孕育這個生命的源頭……」外星人嘮叨不停。

「算了，你閉嘴。」我丟掉遙控器，將雙腳翹到牆壁上。「喂，短命鬼，你說些話題聊聊，看要說你的身世還是抱負都可以。」

他眼皮微抬道：「我的事你已經很了解了，只要恢復記憶就可以。」

「哪這麼容易！要是說說就會記得，你每天在我耳邊像念經一樣說個不停時我就記起來了。」我撇嘴道。

聽到隔壁又傳來陣陣不堪入耳的聲音時，我猛力地踹了牆壁一腳。聲音停下來之後我才繼續說。

「你就再跟我說一次嘛，說不定我聽了就記起來了，不過也可能永遠都想不起來，所以你更該講，為了我們日後的合作順利，互相了解是必要的吧。」

他裝作沉思的樣子道：「我對你的了解已經足夠，也不想更深入了。你的腿上有小時侯騎車摔倒留下的疤，背後有一道跟別人打架留下的刀傷，縫了十針，還有你屁股上的蒙古斑尚未褪掉。」

「我靠！」我急急忙忙放下腿，拿被子蓋著下半身。沒想到他連這都知道。

「至於007，牠是在緝毒犬學校出生，父母雙方都是——」

我悻悻然打斷他道：「我知道，牠父母是狗，牠祖父母也是狗，每一代都是狗！我想聽的是八卦！最好是如小說般坎坷離奇的故事。」

「這樣啊。」短命鬼摸摸下巴。「這說來話長，要從我小時候開始談起。我在孤兒院長大，八歲就被人口販子賣到——」

「等等，你說你是孤兒？」我不可置信說道。

「是的。我當時被賣到某個軍事獨裁的國家，進入了軍隊，從小接受嚴苛的軍事訓練，舉凡槍法、搏擊、竊聽、爆破、反間，樣樣精通。」

「等等等等一下！你說你進入軍隊時幾歲？」

「八歲。」他面無表情地說著。「十四歲時，我就成了國際傭兵組織的一員，進行各式各樣暗殺或是諜報活動，二十二歲因為聽力受到損害，無法再參加精密暗殺行動，我就退休了。接著，回國後就考上了警察。」

我盯著短命鬼，他的表情相當認真，臉上看不出一絲破綻。「我怎麼覺得你在唬我？你說的是真的還假的？聽起來像是藍波的故事欸！」

他臉上露出些許無奈。「是你說要聽我才說的，講了你又不相信。你失憶後變得多疑了，難道失憶也會讓一個人性情大變？」

看短命鬼心灰意冷的樣子，我突然有點心虛。「那、那是因為你講得太曲折離奇了咩！總得要給我一些時間消化嘛，我不是不相信你說的話啦。」我盡力地安撫他，沒想到我的懷疑會讓他這麼受傷。

「算了，等你恢復記憶之後就會知道我說的是真是假了。」短命鬼搖搖頭，彷彿我的話只是單純想安慰他，並不是真心相信。

「歹、歹勢啦……」我彆扭地說。

雖然我道歉了，不過他沒再說話，逕自躺在床上閉目養神。

我充滿愧疚地不知該如何是好，不過無論我費盡腦力，也還是想不起任何之前與短命鬼在一起的記憶。我甚至開始懷疑，是否真如他所說的，是因為傷到腦部才讓我變得疑神疑鬼……

「快醒醒！」猛烈的搖晃伴隨著起床號一起衝擊我的感官。

「啊？」我半夢半醒地睜開眼睛，看到短命鬼的臉晃來晃去。「等一下再掃啦，讓我瞇個五分鐘……」

「掃什麼？」他用力抓起床單，將我整個人拖到地上。

我屁股先著地，痛得齜牙咧嘴大罵：「就說了等一下再掃嘛……咦？」

「警察臨檢，你還不快走！」他喝道。

外星人從門外衝了進來，驚慌失措地說：「好多地球警察來了，還有好多沒穿衣服的地球人被抓了！我們要趕快走才行！」

「走、走去哪啊？」我的腦袋這時才清醒，急忙跳下床穿衣服。「怎麼會有臨檢，該不會被識破了吧？」

「應該是例行臨檢，畢竟這種賓館常有非法性交易。」短命鬼揮舞著一截床單說道。「好了。」

「什麼好了？」我聽到不遠處傳來喧鬧聲，聽起來像是不少人的樣子。

短命鬼指了指糾結得異常的床單，我才注意到有一頭是綁在床柱上的。他將窗戶打開，吹進的風頃刻間灌滿了窗簾。然後，他將手中的床單往窗外扔，就像有魚牽著釣線般不停往外滑，原來他將幾條床單綁在一起做成逃生繩索。

「我沒時間打結，你應該滑得下去吧？」他拉了把椅子抵住門鎖。

「雖然我不想表現得太機歪，但上次那一跳差點沒要去我半條命！」我站在窗前看床單在離地面不遠處隨風飛舞。

「少廢話，還是你想像上次一樣讓我抱著跳下去？」短命鬼一臉陰沉。「上次那是逼不得已的下下之策，我都還沒算被你壓出的內傷，要是你不敢我就扔你下去。」

……王八蛋！我拎起背包爬上窗口，手腳並用地纏住床單慢慢攀下去。沒關係，這裡才三樓，上次那麼高不是照跳了？就算失足跌下去也死不了……我不斷催眠自己，頭根本不敢往下瞧。

「快一點，還有 007。」短命鬼的聲音從頭頂傳來。

「這是你說快就能快的事嗎！」

我火冒三丈抬頭罵道，赫然映入眼簾的是賤狗又大又皺的臉。突然的驚嚇讓我一時沒抓穩就滑了下去，一路滑到一樓。著地瞬間我的腳重重踏在地上，雖然我硬撐著沒跌倒，不過腳底板痛死了，兩條小腿又麻又痛。

「快讓開，007 要下去了。」

我一抬頭，就看見賤狗抓在被單上滑了下來，還伴隨著床單的撕裂聲，因為牠是將爪子伸入床單裡滑下來的，就像銳利的刀一樣將床單劃得一條條。

看到有東西掉下來，一般人的反應是先抱著頭躲開，但不曉得是否剛睡醒腦子不清楚，我竟然下意識地伸手去接。

在我被撞倒前，最後看到的東西就是賤狗直衝而來的大屁股。賤狗的龐然身軀穩穩當當地降落在我身上。那個瞬間，我想被卡車撞到大概也是相似的感受。

牠坐在我胸腹處，抬起腿搔了搔耳朵才慢條斯理地離開。

「我就叫你讓開了你還做什麼?!反應真是遲鈍。」短命鬼居高臨下地看著我奚落道。

「我死了嗎?我怎麼覺得好像置身地獄一樣?啊，那裡有道光……」

「少蠢了。」他蹲下來，手探進我的衣服裡，在我的胸口和肚子這裡摸摸，那裡壓壓。「你深呼吸看看，會不會痛或喘不過氣?」

我依指示深呼吸幾口。「不會痛，不過我覺得肺好像跑到喉嚨這裡，準備要出來了。」

他將我翻過來，檢查了我的背部。「應該是沒問題，肋骨沒斷。」

我踉踉蹌蹌爬起來，拍著身上的塵土抱怨道：「有屁不早放，要不你等我離開再讓賤狗下來啊！」

「誰料得到你這麼遲鈍？」

外星人攀著床單笨手笨腳地滑下來，還一度被風吹得東搖西晃，他的身體都和被單纏在一塊了。其實他身體這麼長，離地面也不會很遠，直接跳下來更快。

我抬頭看看天色，似乎已經深夜了，看來我睡了很久。下午竭力回想著過去，不知不覺就睡著了。

短命鬼做了噤聲手勢，我躡手躡腳走到巷口旁看，果然滿是警車和條子。我不由得慶幸房間靠近防火巷，若在建築物正面，我只能乖乖束手就擒。

「快走吧，我雖然將房門卡住了，但他們很快就會發現少了個房客。」短命鬼催促道。

我縮回頭，撒腿就開始狂奔。外星人因為跑得太慢，所以讓他抓住賤狗的項圈帶著跑，幸好他身高雖高，但瘦弱沒力得很，體重也相當輕，賤狗帶著他根本不費吹灰之力。

剛跑過大概兩個街區，就聽到外圍街道傳來急促的警笛聲。

「別跑了，應該被發現了。」短命鬼一把扯住我往陰影裡帶。

「操，有沒有狗仔啊？看新聞臨檢時都有攝影機在拍，要是像逃犯一樣被手銬銬起來、壓進警車的話，我還未成年，會不會打馬賽克啊？如果被認識的人看到，臉就丟大了。」我擔心地說。

短命鬼抬頭看了下四周，示意我爬上樓房後方的鐵梯。這棟房子的背面掛著極為巨大的建商布幕廣告，幾乎遮蓋了整棟樓的一面。

我鑽到布幕後方，躲在建築物外牆凹進去的地方，外星人和賤狗也非常神勇地爬了上來。才剛喘口氣，就聽到紛亂雜沓的腳步聲、大聲吆喝的聲音。

我從布幕上的洞看出去，只見好幾名員警從我們來的方向跑去，還進到了我躲藏的這棟大樓裡。我的背後是窗戶，窗戶內是大樓樓梯間，我趕緊將身體往旁邊縮，省得他們跑上來看到我的身影從霧玻璃透進去。

在這狹小的地方站著實在很不舒服，但我直挺挺地站著沒動，連大氣都不敢喘一下。

後方警察越聚越多了，警笛聲和大嗓門的指揮聲不絕於耳。我緊貼著牆壁，兩腿開始發麻，我微微彎腰正想捏一下腿時，突然左小腿肌肉一陣劇痛。心下暗叫糟糕，應該是剛剛高強度奔跑造成的抽筋。

我緩緩動了動，想藉著動作減緩小腿的疼痛。才剛抬起腿，用來當作支撐的另一條腿傳來的感覺，讓我暗罵一聲：幹！右腿也抽筋了。

我的身體頓時往前傾，雙腿無力的我根本無法支撐身體，只能伸手抓住唯一能抓的東西——廣告布幕，扣著上面挖來防止風吹的洞。被我這樣撐著，外側突出了一大塊，只要條子往上瞄一眼，馬上就會識破有人藏在這裡。

「你在做什麼？」短命鬼的聲音傳來。

我轉過頭，一臉痛苦地用嘴形說：抽、筋、了……

他露出「你真是無藥可救」的樣子，走過來將我的身體拖回牆邊，我就在短命鬼的攙扶下勉強站著。

晚風刺骨，鬼的身體更是冰冷。我剛跑得渾身發熱，現在冷卻下來就覺得血液似乎都要凍結了，況且身上只穿了T恤和短褲，突然一陣冷顫上來之後鼻子癢得要命，一直想打噴嚏。

短命鬼賞了我一個冷眼，我噴嚏正要出來，只好趕緊伸手捏著鼻子，硬生生地吸了回去，直嗆得我想流眼淚。

警方的搜查持續了很久才結束。

我不禁暗罵，又不是十大槍擊要犯，幹嘛這樣勞師動眾地找人啊？

這時已經是凌晨了，我就這樣躲在廣告後站了一整晚，而這對外星人和賤狗完全不是問題，他們早就趴下來呼呼大睡，外星人蜷縮著身體，而賤狗半個身體懸空在建築物外，竟然完全沒有掉下去的疑慮，給牠條繩子大概都能像小龍女一樣睡在上面。

短命鬼確認建築物裡的條子都清空後，我疲倦地拉開背後的窗戶爬進樓梯間，馬上躺平在地。他穿進來之後道：「現在你可沒有其他選擇，只能露宿荒郊野外。」

「是是是，小的知道了，小的應該要有身為通緝犯的自覺。」我敷衍道。

我爬上頂樓，幸好這裡挺乾淨，沒有鴿舍或堆放雜物。外星人還不斷抱怨這裡風大，會讓他的皮膚乾涸。

我將大外套翻出來當被子，背包墊著當枕頭，也顧不得水泥地又冷又硬，才沾上枕頭就開始夢周公了。

Chapter 6

分道揚鑣

「……好亮！」

我伸手蓋著眼睛，但斑駁的光依然從指縫間鑽進眼皮裡。雖然對於指縫大會漏財的說法我一直不以為意，不過睡覺時就有很大的差別了。

我腰痠背痛地坐起身，短命鬼在不遠處弄來了不知啥東西在餵賤狗。這時大概是正午，影子都縮在腳下。冬天的陽光雖然刺眼，但溫度還是冷得我皮皮剉。

「睡得不好嗎？」短命鬼席地而坐，一手放在曲起的膝蓋上，看起來懶洋洋的。

「廢話，又冷又硬！」我罵道。

他沒說話，賤狗倒是首先發難，不屑地發出呼嚕聲，我不曉得是啥意思，但聽起來就讓人不爽。

外星人睡在我旁邊，這時才伸伸懶腰坐起來。

「我覺得很舒服呢。應該是地球的年輕一代太嬌生慣養了，網際網路還稱年輕人叫『草莓族』。不過我去調查了草莓，發現那是一種薔薇科草莓屬多年生草本植物，和地球人的生物型態和特性都有很大的差別。根據基因交叉分析，相同部分只有百分之零點……」

「吵死了，被稱為草莓族的那一代都已經不年輕了！而且你才像從土裡種出來的咧！」我指著外星人說道。「綠色的還會分泌樹汁，頭上的觸角根本就是綠豆芽嘛！」

外星人相當罕見地生氣道：「你怎麼能這樣說我的觸角呢？別看它不起眼，裡面密布的神經血管網絡，是我們族人最重要的感知器官，說起來應該更像是地球物種中的蟑螂觸角或是貓鬍鬚。」

「好啦好啦，我道歉。那看起來明明就像是不小心長出來的肉瘤嘛。」我嘀咕道。

外星人兀自生著悶氣，我也懶得哄他。「那麼今天要做什麼？混進紐克利嗎？」

我從背包裡翻出假髮，正準備戴上時，短命鬼阻止了我。「不能再戴了，警方應該已經調閱了附近的監視錄影器，你這髮型太顯眼了。」

太好了！我迫不及待地將這頂破假髮揉成一坨塞進背包最深處！

「再去買幾頂新的假髮，你也不能頂著你原本的髮型上街，除非你願意剃光頭。」

「……唉。」

突然，一陣音樂響起，是很熟悉的聯合公園手機鈴聲。

我悚然一驚，別過頭不敢看短命鬼，趕緊翻背包想找到手機讓它閉嘴。這爛手機用了一年多，時常自行開關機，竟選在此時自己開機了。我現在才覺得自己竟蠢到忘記把電池拔掉。

外星人幸災樂禍偷笑，我拿起扳手扔他。

好不容易翻到鈴聲大作的手機，我正欲關掉時，短命鬼冷冷地出聲：「看看是誰。」

螢幕上是個沒見過的號碼，他沉思了會兒道：「接起來，用擴音。」

什麼！會不會是青道幫打來的？可能就像以前看過的恐怖片，透過電話播放一種超高頻率的音波，聽到的人腦袋就會爆掉！

我緊張得要命，就像是等著綁匪打電話來的家屬。短命鬼見我猶豫不決，乾脆撿起了手機，按下了通話鍵之後，再按擴音。

「喂？」

話筒傳來的卻是很正常的女聲。難道派了女殺手要宰我嗎？我和短命鬼面面相覷，他點點頭叫我回話。

我怯生生地說了一聲：「喂、喂？那個……」

「您好，你上次在呀唬購物網購買的物品，您選擇超商取貨，店員不小心勾選成約定轉帳，如果不更改設定，以後將會每個月從您的帳戶中自動扣款，請依照我們的指示去提款機操作……」

「我都在批吸閧購物網買東西。」

電話那頭沉默了一下，然後一聲「喀擦」掛斷了。

「呷賽啦，連資料都不查清楚還想來騙老子錢?!」我對著電話啐道。

「不是叫你別帶手機？」

果不其然，一掛電話，短命鬼馬上就提出質問。

「身、身為現代人，不帶手機就沒有安全感。我會記得拔掉電池啦……」

短命鬼沉默地盯著我，眼神中盡是我無法解讀的情緒，卻讓我覺得很不爽，幹嘛有屁不放？而且他這種要求我事事都要聽他的做法更讓人受不了，不管我跟他之前的交情如何，對待朋友也不應是這種態度啊。

「我先下去看看情況。」他說完便走了。

我瞪著他離去的背影，只覺得多日來的不幸都是短命鬼造成的，虧我還對於失去記憶一事耿耿於懷，我想忘記了也好，反正一定都是我如何被他奴役的不堪過去。

「不要吵架嘛。」外星人忽地冒出一句。「你們是朋友吧，這樣吵架會破壞感情。」

「誰跟他吵？」我沒好氣說，「根本都是他單方面地施暴欺壓！每次都拿我們過去如何如何壓我。我覺得很奇怪，我以前真的對他這麼言聽計從嗎？這實在不太像我會做的事。」

外星人一臉好奇道：「所以，你真的不記得過去的事？那為什麼還能相信他說的話呢？我在網路上看到，地球人常常遇上詐騙，因此沒有什麼人情，對於陌生人應該十分警戒。如果你不記得他，怎麼能對他的話照單全收？」

對啊，為何我要相信他說的？被外星人這麼一說，我突然覺得醍醐灌頂，在這種爾虞我詐的社會，我竟然會相信一個來路不明的鬼?!

「你說得很對耶。」我不可思議地向外星人說，「那傢伙說什麼他是為了復仇才找上我的，因為其他人無法看到他，這也太匪夷所思了！怎麼可能只有我看得到他？」

外星人點頭指著自己道：「我也看得到他呀。」

「沒錯，雖然你不能算人。」我委婉道，「而且啊，他說的那些話根本無法證實，說不定都在唬爛我。只是想找個冤大頭幫他養賤狗也有可能，要不就是在等我精力衰竭那一天，就可以輕輕鬆鬆奪取我的身體。」

我思考著各種可能性，外星人也充分發揮他身為見多識廣的外星人所具備的知識幫忙想，雖然都是廢話……

「我跟你說，剛剛那些話可不能說出去喔。」我告誡外星人道，「如果短命鬼真的是懷著其他目的來騙我，就得小心不能讓他知道我已經起疑，否則，我們兩個都會招來殺身之禍。」

外星人舉起像筷子一樣的細長手指向天發誓道：「我以地球人的方式保證不會說，否則我的星球就會被奇異點吸進去！」

我正想稱讚他真是有骨氣時，背後一個聲音如喪鐘般響起，直敲得我如墜冰窖。

「不能說什麼？」

短命鬼就站在我背後，一臉波瀾不興。不曉得他站多久了，我和外星人竟都沒發現。我緊張得口乾舌燥，只能暗自祈禱他沒聽到那些不該聽的話。

外星人神色惶恐地說：「沒、沒沒沒有啦，我們絕、絕對沒有說不能讓你聽的事！」

……他的掛保證一點用都沒有！

短命鬼似乎也沒興趣再打聽下去，面無表情地對我道：「附近安全，可以走了。」

我心虛地跟在他後面，一邊還不忘賞個白眼給外星人。

我忙著在店裡挑假髮，雖然說不想戴，但一看到這麼琳瑯滿目的假髮就讓我興致全來。外星人也從沒見過如此奇特景象，一下子就沉溺在假髮堆中不見蹤影。我興高采烈地在店裡四處試戴，一旁的短命鬼臉上充滿鄙視。

正在試戴貓王造型假髮時，我那吵得要命的鈴聲再度響起了。

糟了！剛剛光顧著說短命鬼壞話，竟然又忘記將手機處理好。我趕緊縮到專放奇怪假髮的角落，短命鬼也過來了，示意我接電話。

我看著螢幕，上頭沒有號碼，只顯示著「私人號碼」。

「喂？」我不耐煩問。

「……我知道你是誰。」

話筒傳出的聲音相當尖銳，我乍聽之下還愣了一愣。這聲音聽起來顯然經過變聲處理，如同電視新聞中對於不願曝光的證人會採取的方式，是男是女都聽不出來。短命鬼眉頭一皺，似乎知道事情有蹊蹺，但我想八成是哪個孬種連詐騙電話都不敢打，所以才用變聲器。

「廢話，要不你打給我做什麼？」我沒好氣地說，「是不是我的帳戶被人盜用？還是我中獎了？你省省吧，老子沒那麼好騙。」

那個詭異的聲音平板地說著：「你是青道幫追緝的人，你的行蹤在我的掌控之中。如果不想讓我告密，你就必須做到我要求的事。為了取信於你，我現在就可以說出你的位置在市區十三街與六街路口的派對用品專賣店。」

我目瞪口呆，雖然我不知道這裡是在哪條路上，但地點的確是對了。他如此準確地說出我的所在位置，讓人不由得毛骨悚然。我慌張地在架子間探頭看看是否被人跟蹤，但店裡只有嘻笑著挑選聖誕節飾品的女大生們和耳背的老闆。

「你是誰？」我小心翼翼地問。

「我是知道你祕密的人，如果不照著我的話做，我就將你的下落向青道幫報告。

躲也沒用，你逃不出我的手掌心。」他說完還發出「咯咯咯咯」的笑聲。

我逞強道：「你要讓我做什麼？說來聽聽，我考慮要不要做。」

「你沒有選擇的餘地。」匿名人陰惻惻地說。「你不做就沒得商量。」

「哇靠，至少也讓我聽一下條件，否則你叫我吃大便我也照做？那你不如直接把我交給青道幫好了。」我對著電話吼道。

短命鬼用力巴了我的後腦勺，一臉陰沉地瞪著我道：「別玩，聽聽他要求什麼。」

我被他盯得有些毛骨悚然，也曉得岔題了，只好趕緊說道：「算了，你有屁快放。」

「你旁邊有別人在？難道你有盟友？」匿名人突然沒頭沒腦地問。

「這裡只有我一人，你在胡說什麼？」沒有人，只有鬼。

「我剛聽見了說話聲，警告你最好別玩花樣，若你敢報警或是向別人說出我的事，我們的約定就一筆勾銷。」匿名人語氣不善地說。

我看看四周，只有我和短命鬼在，難不成他聽得到短命鬼說話？

短命鬼清清喉嚨說道：「現在買我們這個真的很划算，一枝筆只要兩百元，還可以順便做公益喔！」

我假裝說：「走開啦，沒看到我在忙啊？如果是正妹我就跟你買！」然後對著電話說道：「講話的是來推銷愛心筆的啦，你也太疑神疑鬼了吧？」

「走到沒人的地方！」匿名人命令道。「再讓我聽到其他聲音，你就會失去剩下的機會。」

靠！他真的聽得到短命鬼的聲音！我記得他說過我是唯一能聽見看見他的人……琛哥和非人類不算在內。現在，透過話筒，鬼魂的聲音也確實傳達了出去。

「那麼，我們進入正題吧。」匿名人的聲音透過擴音器變得有些破音。「第一件事，明天中午十二點整，你到X鎮的火車站，不准遲到也不能早到，到了那裡，我再告訴你要做什麼。」匿名人一字一句緩慢說著，似乎怕我聽不清楚。

「就這樣？不用先去放個火之類的嗎？」我試探地問。

「還有，等會掛電話之後馬上關機，直到明天約定的時間之前都不能開機，也不准使用公共電話或是任何通訊設備。別忘了我在監視你，要是做出讓我不開心的舉動，你就見不到明天的太陽。」他很乾脆地掛上電話。

我聽著已無聲息的電話，心裡有些不知所措。這傢伙是什麼人？我如此隱匿行蹤，他竟能找到我，那就代表逃亡前他就開始監視我了？

短命鬼和我先後走出店門，外星人奇怪地看著我們兩個凝重的表情。

我不知道要跟短命鬼說什麼，滿腦子想著莫名其妙的匿名電話以及其他人也能聽到短命鬼的聲音這個事實。

心裡突然有種很矛盾的感覺。這是我和短命鬼之間的唯一聯繫，我也仗著這點，認為我們彼此間是一種利益輸送的關係，雖然還不知道他實質上幫了我什麼。然而，我所能給予的幫助似乎很容易被取代，其他人要是也能聽到他，我的存在就無足輕重了。即使方才和外星人的一番討論讓我覺得不該輕信這個來路不明的鬼魂，但現下還是有些難以言喻的感覺。

短命鬼打了個響指讓我從沉思中驚醒。一抬頭見他盯著我，更覺得心煩無比。

我勉強打哈哈道：「沒想到還有其他人能察覺到你的存在，不過在某種意義上來說，他們都是反派角色，你還真衰啊。」

短命鬼低頭思忖道：「相關研究指出，鬼魂的型態得以用電子儀器捕捉到，因為聲音是一種能量波動，頻率包含了可聽到和不能聽到部分。雖然其他人聽不到我，可是卻藉由電話捕捉到了我的聲音，到了那一頭，變成了可聽到的頻率……我想，透過電話，說不定其他人也能聽到。」

我有些鬱悶，這就代表短命鬼只要有電話，就可以隨便叫誰幫他都行了，我對他的用處比一支手機還不如，他還可以翻通訊錄篩選名單咧。

「怎麼了？」短命鬼問道。「你一臉掉了錢包的樣子。」

「你聽到了吧？他說到了那邊再說耶，會不會是要在火車站動什麼手腳，還不准我早到？我們現在去埋伏堵他好了，抓到他就一勞永逸了。」我摩拳擦掌地說道。要是逮到這人，一定要把他揍得連他爹娘都認不出來！

「你真要去？」短命鬼皺著眉頭道。「如果對方真掌握了什麼對你不利的消息，不會如此要求你的。」

「可是他連我在哪都知道！我躲了這麼多天，連警察和青道幫都沒抓到我，他卻知道我人在哪，他一定是早就盯上我了。」我左顧右盼，小聲道：「他現在一定也在監視著我。」

「依他的行為判斷，應該是個膽大心細的人，面對這種攸關人命的事，語氣竟聽不出一絲動搖。他沒有跟你談具體條件，就代表他並未如他所說的掌握了一切，他可能只是故弄玄虛。」短命鬼說得頭頭是道。

「靠，你現在又要來個犯罪心理側寫嗎？那你乾脆側寫出誰是犯人，這樣子就省事了。」我酸溜溜地說。

「現在我們並不曉得打電話的人是什麼底細，不應該輕舉妄動，說不定他有對你不利的企圖。」

「他會不會對我不利，前去赴約就知道了。我們先到那邊埋伏，看看有沒有可疑人物，直接把他抓起來拷打。」我恨恨地說。

「不行，我不能讓你冒險，說不定這人意圖引誘你去做危害生命的事。知道他為什麼要用變聲器嗎？為了杜絕你認出他的所有可能，這就代表你應該跟他接觸過。總而言之，我不能讓你和他見面。」他難得疾言厲色地說。

第一次看到他這副惡鬼模樣，我有些瑟縮，可是他的發言還是讓我很不滿。

「我可以保護自己。他要殺我，我不會逃嗎？要我做危險的事也可以選擇不做。更何況有你在，等於他在明、我們在暗，出了什麼事你也可以及時制止吧？」

短命鬼沉默，就只是盯著我瞧。他的臉色冷淡得像是看著一塊擋路的石頭，讓我不由得渾身發毛。

外星人站在一旁看著我們，礙於這緊繃氣氛，他一臉欲言又止，但還是不敢開口。

過了半晌，短命鬼才開口：「若那人是和琛哥一樣的異能人士，我都自顧不暇了，怎麼保護你？」

這我倒是沒想到，但是又不想在他面前示弱，只能繼續瞪著他。

他理了理西裝袖口，撫平了幾乎不存在的皺褶，甚至沒看我一眼。「如果你執意不聽，就自己去。你剛也說了可以保護自己，不需要我你也可以順利解決吧？」

他毫不留情面地說了狠話。一直以來怎麼趕他也趕不走，現在竟然自己開口了要讓我單獨行動。雖然表情沒有什麼太大變化，但我知道他一定氣炸了。

短命鬼抬起頭正視我，話語中的溫度低得嚇人。「既然你也懷疑我待在你身邊的目的，那麼，似乎沒什麼好說了。」

……死了，看來我和外星人說的話被他聽到了。

我不認輸地說：「那又怎樣？你跟那匿名電話一樣，對我來說你們都是來路不明的傢伙，憑什麼要我相信你？」

「我確實無法證明我說過的那些事，你既然不相信，我也沒理由繼續待著。」

我感到既憤怒又委屈，怒的是在我遇到如此兩難的局面時他竟然要離開，屈的是他明知我失憶，對於目前狀況根本毫不了解就被迫逃亡，又怎麼能要求我毫無保留地相信他？信任該是他自己贏取的，而非要求我無條件付出。

我近乎歇斯底里地大喊：「隨你大小便！大不了一拍兩散！反正我對你也沒啥幫助，而我也受夠了你的幫倒忙。你走你的陽關道，我過我的獨木橋，以後我們再無瓜葛！」

路人被我的獨腳戲嚇得繞道而行，我卻無暇遮遮掩掩，被當成神經病又如何？現在只覺得憤怒幾乎取代了我所有知覺，怒氣幾乎要從全身毛孔中宣洩而出。

「正合我意。」他臉上浮起個冷酷的笑。「我是為了查出凶手才不得已待在你身邊，卻遲遲沒有進展。而現在透過電話也能將我的意思清楚傳達，我和小重在溝通上就沒問題，不需要再勉強你幫我了。」

可惡！我怒氣沖天地扭頭就走，踏了幾步出去才想起我的背包還扔在店裡面，但現在回頭又很尷尬，好像我先示弱似的。

我進也不是、退也不是，咬牙權衡了半天，還是得拿回包包才行，不然我的家當全在裡面要怎麼過活？大不了看到短命鬼就擺臭臉給他看，讓他知道我可不是認輸。

我先做好臉部表情，確定現在的樣子夠猙獰之後，才猛然轉身。

背後一片空盪盪，連個鬼影也沒有……只有外星人在。

「那個死人頭咧？」我問。

外星人畏縮地說：「他剛剛一下子就不見了。」

一陣寒風吹過，我突然覺得自己像白痴一樣。短命鬼還真他媽說走就走，原以為他應該會在原地等我回頭，然後狠狠地用他的刻薄賤嘴損我一頓，我都想好要怎麼應付他了。

我忿忿地握拳在心裡暗罵，這傢伙竟然一知道其他人可以幫他就跑掉了，連聲再見也沒說，棄我如敝屣，看來他真是迫不及待想甩掉我。

媽的，搞得我像是他的拖油瓶一樣，老子我才開心可以擺脫他咧！從此不用再見到他和賤狗，想到就覺得心情超級愉快舒暢！哈哈……

我也不曉得在頹喪個什麼勁，走回店裡，瘋狂買了一堆假髮。似乎可以理解為什麼女人憂鬱時會想把卡刷爆了。

「呃，你是不是撞到腦袋了？要不要去看大夫？」外星人看著我異常的舉動，擔心地問。

我有些茫然無措，背著塞滿假髮的沉重背包站在街頭，至於先到車站堵人的想法，我現在一點興致也提不起來。

仔細想想，我竟然為了這種破事跟短命鬼吵架，究竟有啥好吵的？為什麼不聽他的話？短命鬼的話雖然讓人憤怒，至少經過深思熟慮，而我只是憑著一股不想落於人後的衝動，想證明我不比那些不存在的假想敵差。

我煩惱地抓頭，短命鬼不在又如何？我自己也能解決！只是不知道從何做起。

行人從旁走過，害我剉了一下，突然想起我現在沒有偽裝，街上熙熙攘攘，好像每個人都有意無意地看我一眼，這些人群裡不曉得有多少是青道幫的，說不定已經鎖定了我的位置……

我趕緊找了個巷子躲進去，拿出了假髮胡亂戴在頭上，卻怎麼戴都戴不好，總是會有一、兩撮頭髮掉出來。之前都是短命鬼幫我弄的，我只好拿了棒球帽戴在假髮外。外星人大概也知道這種情況不適合開口，只是安靜地跟在我身後。

對了，賤狗還在昨天的藏身處……算了，短命鬼不會忘記牠的，就算拋棄我也絕不會丟掉賤狗……媽的！這是三小可悲的棄婦心態！我搖頭甩掉這壓根不該出現的想法，盤算著去找我的哥們，他們才能算是真正的朋友！

「啥?!他們都被抓了？條子來找麻煩嗎？」我不可置信地說道。

「不是，」阿屌嘆了口氣，「找麻煩的是他們才對。」

話說我到了上次埋伏他們的巷口，正想拿筆在牆角寫下次見面時間，阿屌就冷不防地出現在我背後，只有他一人，沒想到卻從他口中聽到如此噩耗。

「今天早上條子又來了，理所當然地叫了我們去做例行問話。結果死胖子竟然說溜嘴，讓條子知道我們見過你。條子當然逼問個不停，胖子就自以為有義氣地說『我絕對不會跟你們這些臭條子說的，有種就抓老子』，接著還試圖襲警，條子們就恭敬不如從命，乾脆地帶走他了。」

「那小高和菜糠呢？」

「他們在一旁附和，說『我知道，就是不爽說』，所以條子把他們視為妨礙調查和襲警的同夥，一起帶走了。我則是跟他們及時撇清關係，所以現在才能站在這裡。胖子還說我沒義氣、應該要跟他們一起去才對。」

「那些笨蛋！」我捂著太陽穴，簡直是煩上加煩。「到時候隨便給他們安上個知情不報的罪名，未成年……至少也得判個在家監禁吧？」

「放心啦，頂多是叫父母嚴加管教。」阿屌毫不在乎地說。

「那麼，你們有問出什麼嗎？」

「那些傢伙根本都只是跑腿的，連自己在哪個堂下都不知道。」阿屌勾著我的脖子，小聲道：「不過這件事大家都挺清楚，急著想抓你去領賞。這次要抓你果然是那家美商公司的委託，他們要活的，似乎認為你知道足以害他們老闆坐牢的祕密。」

「唉，這也是預料中的事……」

阿屌有些遲疑地說：「我還問到學校裡有人的老子就在那家美商公司上班，雖然和你沒什麼關係。我覺得你不要知道太多，省得越陷越深。」

我看著他，用眼神表示我的堅定意志。

阿屌嘆口氣，道：「他說他老子在那家美商公司負責的是基金會那裡的工作，主要是環保還是清潔啥的，歐洲國家付錢讓他們處理難搞的垃圾，轉變成無汙染的肥料，聽起來很正派。我本以為跟青道幫有關係，八成是做些走私槍械或人蛇的生意。」

我倒是第一次聽到還有這種收錢處理垃圾的事業，那麼這基金會做的真是愛地球的工作？確實和我一點關係也沒有。

「還有一個人的老子參與了那棟大樓的改建，不過沒什麼重要的，只有說大樓挺牢固的，沒有偷工減料，每一層地板裡都還插了鐵板加固，應該是鋼骨建築吧，據說很防震。」

他抓了抓頭，一臉歉意道：「就這樣啦。現在學校裡到處都在傳你是因為偷了青道幫的毒品才被追殺，繪聲繪影得越傳越唬爛了，還有人說你向條子通風報信之類的，眾說紛紜，搞得好像大家都身臨其境的樣子。」

「哈哈，完了，鬧這麼大我老子應該也知道了，等塵埃落定，他八成會把我送到國外杜絕後患，不過也得等到我洗刷嫌疑後啦。」我苦笑說。

「你現在都在做什麼？」阿屌擔憂地說，「我看，你還是跑路好了。聯絡你爸，我相信他有辦法讓你偷渡出去。你爸現在應該也被監控了，我幫你打給他。」

我一手放在他肩膀上，搖頭道：「我不會離開，現在已經掌握到一個可能知道真相的線索，要是逃了等於是說我作賊心虛，我也不放心讓條子瞎搞，到時候要是真查不出其他內幕，我這黑鍋不就背定了？」

阿屌沒說話，只是默默看著我。良久，他才道：「你小心一點，別死了。」

「靠！你別詛咒我！」我打了他一拳，笑道。「我該走了，不能在一個地方待太久。」

我在阿屌的目送下離開，打定主意，一定要查出真相沉冤得雪，到時候光榮地凱旋歸來，給那些看衰我的傢伙一個好看，尤其是那短命鬼！

操，早知道應該在他走之前問問他的聯絡方式，他的墓在哪之類的，等我查出真凶，一定要讓他對我佩服得五體投地！

外星人很有義氣地說：「你是我在地球上認識的第一個朋友，也為了建立起兩個星球之間良好的溝通橋梁，我一定會盡我所能地幫你！」

「你什麼都不用幫，只要把那支神奇的多功能手表借我就好。」我意興闌珊地說道。

「可是這支手表是根據我們族人的生理構造量身訂做的，地球人無法使用。」

「我早料到了。反正你不用擔心，我會順便幫你找太空船的，你的目的也是這個吧？」

外星人大驚失色道：「你怎麼這樣說我呢？我也是真心為你們著想，希望你們趕快復合……」

「閉嘴。」

晚上，我仿效昨天的做法找了棟大樓頂樓，趁警衛不注意時偷溜進樓梯間，再艱辛地爬上去。

這種大樓比較有規劃，不會有人在頂樓養賽鴿或是曬衣服鹹菜，也沒有滴水且周圍長滿青苔的水塔，而且有二十四小時保全，怎麼想都很難偷渡，條子應該不會找來。雖然不是沒錢，但我也不敢再去住旅館，一次臨檢就夠嗆的了。

外星人睡在樓梯間，因為他說頂樓風大，他會被吹乾。說起來這傢伙真的沒什麼用處，讓他幫我提背包，只是那些假髮就壓得他喘不過氣來，逃跑時還要顧慮他有沒有跟上，跟拖油瓶沒什麼兩樣。

「你們這種狀況，地球人的說法叫『七年之癢』吧，只是你們還不到七年就——」外星人對我和短命鬼吵架的事還念茲在茲。

「不會有七年的啦，跟他待七天我就夠衰了！」

「該怎麼說呢，這時候總是有一個人要先道歉。」外星人嚴肅地說，「雖然鬼大哥不在，說這些也沒用，不過我覺得啊，你應該要多相信他，他看起來不像是要利用你的壞人。」

「喂，你的話前後矛盾耶。」我指出道，「你白天才在說我為什麼要相信一個不認識的人，現在又說這種話？」

「呃，我要去睡覺了！」外星人說完，就抱著我的防風外套一溜煙跑掉了。

我鑽進剛買的睡袋緊緊裹住身體，不過空曠的黑幕只讓人感覺更荒涼，呼嘯的風聲淒厲地颳過，我捂起耳朵，怎麼都睡不著。

不曉得短命鬼找到下一個受害者了沒？

如果在我的事情處理完之前，他就順利地先解決先投胎，就沒機會讓他跟我賠罪了。就他平常不冷不熱的態度來看，應該是不討厭我，可也不至於喜歡，作為曾共患難的同伴，他要投胎前起碼會來打個招呼吧？

短命鬼應該會找一個比我可靠的人，例如蟲哥，雖然我極度懷疑蟲哥的辦事能力。若要調查那些不為人知的內幕，還是警察比較方便，他生前或許有其他關係好的同事……不過他這麼機歪，能受得了他的人一定屈指可數。

跟短命鬼有關係的警察，我也只認得那個不太可靠的蟲哥，到時還是去問問他好了。

我輾轉反側，遲遲無法入睡，腦袋裡塞滿東西再配上周圍的恐怖氣氛，我連眼睛都不太敢闔起來。想起之前的逃亡還真像度假咧，至少還有短命鬼陪我到處跑，說起來他還算有義氣，當初也無怨無悔地跟著我，雖然最後還是離開了。

等等！他是為了什麼離開？

我仔細回想，那時知道其他人也聽得到他的聲音，他還沒說要走，後來是因為堵匿名人的事才鬧翻的，所以說……是我把他氣跑的！

我翻身坐了起來，這時才恍然大悟，我根本沒資格埋怨他，這一切的肇因根本就是我！

怎麼辦，難道我要去求他回來嗎？不過我連他跑哪去了都不知道。若可以再見到短命鬼，我就若無其事地打個招呼，相信他也不會介意我的愚蠢……不，他這麼小心眼，現在一定還在生氣。

無力感一波波席捲而來，我無從得知在失憶前我對短命鬼的想法與態度，但我猜至少不會因為不信任而產生齟齬。

我懊惱地抓著頭髮，覺得自己好像變得不像自己了。

據短命鬼所說，我以前跟他建立了深厚的革命情感，但這一切卻被我遺忘了。真正被拋棄的不是我，而是……

Chapter 7

短命鬼不在請留言

我睡醒時已經快十一點了，慌慌張張地收拾因為沒放好而被風吹得滿地的假髮，還要去叫那個睡得像死豬一樣的外星人起床。有一頂英國法官式白色捲髮被吹到了隔壁棟的樓頂，我只好忍痛放棄，然後火燒屁股地趕去火車站。

到達X鎮火車站時大約是十二點八分，基本上十分鐘內對我來說都不算遲到，所以應該算是成功達陣，只是不曉得匿名人會不會在乎就是了。我坐在車站裡，注意著手機的動靜，他明明說了十二點過來再給我指示，可是目前一點消息都沒有。

「沒想到地球上還保留著這麼古老原始的地方。喔，那是投幣式電話機！早在兩百年前，我們星球就已經不用這個了！」外星人像個鄉巴佬似地大呼小叫。

X鎮是郊區的一個小鎮，人口不多，車站裡也冷冷清清，方才跟我在同一站下車的只有一個老太婆，月臺上更是連半個候車的人都沒有。

我枯坐在候車室裡，整個車站只有售票口和販賣處有人，讓人很難想像這裡離市區不過幾站之遙。

……該不會真因為我遲到所以不玩了吧？我暗啐了一口，想不到有人跟短命鬼同樣小氣，要不然就是想考驗我的耐心，等個兩小時後才出現。

手機忽地發出嗶嗶聲，我急忙湊到眼前看，發現了個令人驚恐的事實——手機快沒電了！

我和匿名人的聯繫就靠這支手機，早知道這種單向通訊容易出問題，就應該問問他的聯絡方式。手機右上方的圖示閃爍不停，提醒說要是再不充電，我就會陷入窘境。

我衝到販賣部櫃檯，問那歐巴桑說：「阿桑，妳宰羊哪裡有賣充電器嗎？這附近有通訊行或電器行嗎？」

歐巴桑看看我的手機道：「你的手機是USB充電口吧？偶直接借你就可以。」

這真是久旱逢甘霖！歐巴桑帶我到販賣部櫃檯裡，指著旁邊的插座，那上面插著我夢寐以求的東西，她的手機也正在充電中。我嘗試著插上去，然後螢幕就出現了充電畫面。

我不由得歡呼出聲，歐巴桑緊張地阻止我道：「小聲一點啦，被抓到要罰欸！」她指指售票處的職員。

我按捺住興奮，開了手機查紀錄，關機的這段時間匿名人也沒打來。心中疑惑頓生，他叫我來這裡卻不連絡是為了什麼？現在已經一點多了，難道真是要整我？

歐巴桑讓我先出去等著，來電她會叫我。

又回到候車室坐著，我抱著手臂思考匿名人的企圖，他叫我來這邊說會再給我指示，可是遲遲未等到他來電，難道是跟時間有關嗎？他要我做的事可能時辰未到之類的。

嗯，好像不太可能，要不然他幹嘛叫我這麼早到？又不是吃飽沒事幹！我打量著來來去去的乘客，說不定匿名人就在附近監視我，不過目前為止我只看到一堆老人家，一個可疑的人影都沒瞧見。

「你等的人是誰啊？」外星人無聊地晃來晃去，問道。「會不會已經到了但你不認得啊？」

外星人的話給了我想法。莫非他已經下好指令了，所以沒連絡我，因為必要的資訊已經留下來了。我霍地站起，從車站的牆壁角落開始仔細尋找，任何奇怪的痕跡或塗鴉都不放過。

我正蹲低身體檢查牆角時，有個東西砸在我頭上。我一驚嚇就跳了起來，腦袋重重地撞上了某樣物體。

當我痛得齜牙咧嘴、目光接觸到一塊扁平巨大的物體時，才暗罵自己太笨，找什麼牆壁？這裡就有塊傳達訊息用的黑板啊！剛掉在我頭上的是塊板擦，還弄得我滿頭粉筆灰。

我鉅細靡遺地查著留言板上的文字，這種「酸甜苦辣留言板」一般是讓人用來留言說我幾點在哪等你之類的，不過現在通訊發達，誰還用這老舊東西？沒想到這小車站還留著，上面盡是寫些「XXX我愛妳！」或是「XXX跟我在一起」這類小學生般的留言。

右下角的地方，有一段莫名其妙的文字，稚嫩的筆跡寫得歪歪扭扭：1600。

這是啥意思？這是匿名人留下來的嗎？還是某人借錢的紀錄？或是下午四點的意思？下午四點，應該不會是要我等到那時候吧？

留言板上的字毫無參考價值，我決定採用最保險的辦法，地毯式搜尋。

我不顧形象，趴跪在地上開始一吋一吋地找，不放過任何一片地磚。火車站雖小，要找個完全沒頭緒的東西也是如海底撈針。

「你要找什麼啊？我可以幫忙。」外星人指著自己頭上的觸角說，「我的觸角可以感應到很多人類感官無法辨認的東西。」

「是喔，那你去感應你的太空船好了。」

車站裡的阿公阿媽們竊竊私語著，我也沒心力去聽他們講了些什麼。等我從車站東找到車站西又回頭找完了一遍，已經三點半了，而除了煙蒂和廣告紙，啥都沒有。

我強裝鎮定，深呼吸壓下一步步逼近的窒息感。都這個時間了，為何匿名人還沒有消息？什麼東西都沒找到，代表我的推測錯誤。此時此刻，我真希望短命鬼就在這裡，他在的話至少能給我一個方向，而不至於像隻無頭蒼蠅般惶恐。

偶然瞥見一個個固定在地板上的座椅，我靈機一動，想起電影裡有祕密包裹要交接時，會約在公車上，然後黏在某個特定座位下。

我連忙說借過，蹲下來直接往座位下摸。摸了幾張椅子都一無所獲，我回到剛剛坐的位置，滿懷希望地將手伸下去，感覺到了不同其他椅子的觸感……天殺的，是口香糖！

匿名人到底要我做什麼？說不定人潮來來往往已經將他放置的提示都踢飛了，我再找都是徒勞。我瞄了眼時鐘，再十分鐘就四點整了，不過我也想不出有啥垂死掙扎可做。

外星人擔憂地看著車站外的鐵軌說：「快四點了耶，威脅你的人會不會設定在四點前沒完成他的指令，你就會心臟麻痺而死？」

「白痴，你不要在網路上隨便吸收資訊，很多都是假的啦！」

忽地，身後一聲巨響，伴隨陣陣驚呼。我回頭看，掛在售票處上方的列車時刻表掉了下來，幾個人七嘴八舌地說著幸好沒人站在下方，否則被砸到就危險了。

那塊板子極大，站務員抬不起來，我去幫忙抬了另一邊，好不容易才將板子掛回去。掛上之後，我也順便看了下是否有列車或時刻牌子掉下來，一看就發現了怪事。

「為什麼下午多了這麼多班車？」我指著時刻表問道。

「那是區間車，從S市到Y市的加開車，因為下班下課後人比較多，所以另闢了條連接兩個城市的輕軌。四點整會準時從S市出發，馬上就會經過了。」站務員熱心地解說。

四點之後才有的區間車……我幡然省悟，這就是匿名人給我的提示！

我衝出候車室，跑到月臺上瞭望，除了普通雙向鐵軌之外，果然在外側還多了條較窄的輕軌軌道！

我左看右看，發現沒人注意這裡，便手腳並用爬下月臺，偷偷從另一端橫越雙向鐵軌，跑到輕軌上。

我努力翻動細小的石子，而後就在不遠處的軌道上看到個不應該出現在此的東西。那是個用白紙包起來的堅硬扁平物體，約莫火柴盒大小。我將白紙拆開，掉出一支鑰匙。

當下有些錯愕，這鑰匙有什麼用？我拿在手上仔細地看，深怕看漏了任何一點線索，可是再怎麼看，那都是一把普通到極點的鑰匙。不過我的理解也就僅只於此而已，接下來完全束手無策，若是短命鬼在應該就會有辦法了……

靠！這時還想他幹嘛？說不定他已經找了個美女幫他緝凶咧！我將鑰匙和白紙收進口袋裡，軌道傳來的微微震動和遠處的聲響提醒我該走了，列車即將進站。

站起來時，驟然一個踉蹌害我差點趴在地上。我惶恐地往地上看，才發現腳掌竟然卡進軌道的縫隙裡了，怎麼拔都抽不起來！

「哇，車來了！」

外星人慌張地拉著我的手臂要將我拉離軌道，但他實在很弱雞，自己還跌了一跤。為什麼電影裡才會有的芭樂衰事都會發生在我身上啊?!我死命地拔著我的腿，可是腳已經嚴嚴實實地卡住了。越來越清晰的轟隆聲讓我不由得冒出一身冷汗，想像著被火車輾過還能不能保持身體的完整……

背後感覺到微弱的氣流，吹得我渾身一個激靈。我回頭看，只見軌道繼續延伸，末端往旁邊彎過去了，然後一輛列車快速地從彎道出現，急速朝我駛來！

刺耳的煞車聲響起，列車駕駛應該也注意到了鐵軌上有個疑似想自殺的傢伙。不過就這距離和速度來看，等車停下來也已經輾過我的腳了。這時我能做的只有盡我所能地用力往軌道外爬，希望到時撿起我的腳之後還能再接回去……

我閉上眼奮力掙扎，希望能爭取到最後一線生機。

倏地，腳踝處一緊，我重心不穩地往前一倒，才發現伸在半空中的雙腳……掙開了！

我連滾帶爬地往旁邊滾去，同時列車也發出淒厲的聲音從我面前呼嘯而過，接著彷彿此時才想起該減速似地緩了下來，最後於前方幾十公尺處停住。

我眼睛眨也沒眨地瞪著前方，驚魂未定地看著駕駛跳下車，怒氣沖沖地朝我走來。站務員也慌張地爬下月臺衝過來，幾個人圍在我身邊指指點點。我看著他們的嘴一開一闔，半點聲音都聽不到。

而後，我被帶進職員室，站務員商量著要怎麼辦。

他們說，這樣跳下月臺讓列車緊急剎車，足以判個公共危險罪。我盡可能地裝無辜，強辯說我是失足掉下月臺，撞得頭昏腦脹跑錯方向了，反而跑到另一條鐵軌上。剛剛跟我一起抬列車時刻表的站務員也幫我辯解，證明我只是等車，不是跳軌自殺。

最後，還是讓我蒙混過去了，我言不由衷地道歉之後就順利離開。拿出鑰匙，心裡想著這匿名人的手段挺激烈，要是我沒及時發現，鑰匙就會順著列車進站而灰飛煙滅了。

我走回販賣部向借我充電的歐巴桑道謝，蹲下來要拔手機時，鑰匙莫名其妙從口袋掉出來，噹啷一聲跌落地面。這褲袋有拉鍊怎麼會掉？我趕緊檢查是否剛剛的搏命演出扯破了褲子。

「東西記得拿喔，要不然會被沒收，要領回還要收保管費喔。」歐巴桑隨意地瞥了一眼後提醒我道。

「啥？」

「那個鑰匙啦，你的東西放置物櫃保管要記得拿！」歐巴桑越過櫃檯指著一處道。

那是個投幣式置物櫃，我看著一格格櫃門上插著的鑰匙，款式和我手中的一模一樣。

從鑰匙上的數字找到了對應的置物櫃，鑰匙插進鎖孔，輕輕一轉，喀嚓一聲，門便應聲而開了。

我忐忑不安地緩緩打開櫃門，深怕裡面會是見不得人的恐怖物體，一顆染血的頭顱，或是一個更刁鑽的指示。

裡面靜靜躺著一個牛皮紙包裹，約莫鞋盒的大小。我小心翼翼地拿出來，包裹上貼了張白紙寫道：

將包裹送至紐克利大樓。請注意，交貨之後立刻離開現場，否則後果自負。

……竟然又丟了個難題給我，明知道我被青道幫通緝，這是要我去自投羅網？

我將紙條撕掉，仔細地檢查包裹外側，沒有任何記號或文字。這裡頭是什麼？難不成他要送青道幫一個蛋糕？我輕輕晃了晃盒子，附耳傾聽也聽不出個鳥來，雖然我很想將盒子打開來瞧瞧，但恐懼最終還是戰勝好奇，只能回販賣部向歐巴桑要了個袋子，穩妥地將盒子裝好。

紐克利大樓我簡直熟得不能再熟了，問題是要怎麼送進去？現在青道幫正全力通緝我，要是還闖進去就真的太蠢了。

我在大樓附近閒晃，不小心撞上幾個流氓。他們雖然裝得像是上班族，但氣質可沒法掩飾。最重要的是，那幾個人竟完全沒發現我就是被通緝的倒楣鬼，大概怎麼都不會想到我還敢踏上他們的地盤吧？

這點讓我信心大增，正驗證了俗話說的「最危險的地方就是最安全的地方」。不過我還是不敢貿然闖進龍潭虎穴，雖然戴了假髮，但沒有烏茲衝鋒槍或手榴彈還是差了一點。思索一陣後，我決定先撤退，容後再議，反正匿名人沒有規定期限。

晚上的落腳處還沒決定，可我再也不想睡屋頂了。我帶著外星人往鬧區走，這裡直到晚上十二點都依然燈火通明，也有些二十四小時營業的漫畫店和速食店。我打算隨便找間店睡，人多的地方讓我比較安心。

我在街上走著，看到一間專賣變裝道具的店，一時心血來潮就走了進去。店面相當狹小，但商品多到連走道都堆滿了，掛了一堆奇怪的道具服裝，女僕裝、貓耳裝之類的，要是胖子進來一定會動彈不得。走進這種店實在很尷尬，我直接到櫃檯去問老闆，有沒有X貓宅急便或其他家快遞人員的制服。

那個中年大叔老闆臉上露出猥瑣的笑容道：「小弟的興趣很特別喔，玩得很激烈齁？」

我忍著往他臉上揮一拳的衝動，抽著嘴角道：「對啊，我馬子喜歡玩這種的。」那下流的傢伙聽了更是得寸進尺，還想再問詳情，我直接揪著他的領子讓他乖乖把東西拿出來，結了帳就溜。

我找了間以小時計費的motel，舒服地泡了澡後才退房去漫畫店租包廂睡覺。睡在漫畫店裡感覺不像逃亡，倒像離家出走的青少年。漫畫店裡雖然是明亮了點，但比起充滿《英雄聯盟》對戰聲的網咖或是大樓屋頂要好睡多了。

睡得迷迷糊糊中，周圍的聲音嘈雜起來，而且似乎地震了……

「喂喂，快起來啦。」

我依稀聽得出來是外星人在叫我，不耐煩地起身看這不識相的傢伙半夜還大吵大鬧幹嘛。

甫一起身，我就連忙又蹲回去，隔著低矮的包廂隔間，店裡的另一頭湧入一堆牛鬼蛇神——條子臨檢！

我偷偷探出一雙眼看，那些警察應該是來抓過了十二點還在街頭遊蕩的未成年小鬼。雖然我有偽造的身分證，可還是不敢冒險和條子打照面，當下最重要的還是先溜再說。

我貓著腰讓身體高度維持在隔間以下，拽著外星人的領子、偷偷開了門躡手躡腳就往漫畫店後門跑，這才發現好幾個看起來不到十六歲的小鬼也抱頭鼠竄。這種可說是專為逃家少年設計的店，一定都會有個後門方便開溜。

我所沒想到的是，後門已經有幾個條子等在那邊了！先出去的人都被提著領子丟在一旁，條子們張牙舞爪地恫嚇他們。

沒見過世面的小鬼才會看到條子就腿軟，我和警察打交道的次數已經數不清了。對他們來說，勤務固然重要，但要是在執勤時誤傷民眾可不是記過可以解決的，而且我有自信跑得過那幾個警察。

剛停下腳步，有個條子走過來就想拎我。我伏下身體閃過，利用撐直身體的力量衝出去。前方兩個警察包圍上來，我尋思著要直接衝過去還是從旁邊鑽，不過這後巷說大不大，塞了兩個人旁邊就沒有足夠的通道，所以我決定故技重施，等他們伸手要抓我時就從空隙鑽過。

不過這兩個警察學乖了，各伸一隻手將中間的位置擋住。我咬牙硬從中間撞過去，順勢兩個拐子出去，一個被我頂了一下之後絆倒了，另一個不屈不撓地反手扯住我的衣服，我剛離開他們的攻擊範圍沒兩步就被拉得後退。

不由得想起電影裡的主角要是遇到這種情形，接下來衣服一定會撕裂，然後他就得以順利脫逃。不過我的衣服相當堅韌有彈性，我用力踏了幾步都沒能掙脫。

忽地，那個警察一聲悶哼，鬆手抱著自己的肚子，像是要烙賽一樣。我逮到這個機會，拔腿就跑。

我藏在公園裡，等警笛聲遠離。外星人在公園外圍幫我注意有沒有條子。

「該怎麼說呢……」外星人遲疑道，「塞翁失馬，焉知非福。」

「閉嘴。」

經過一夜奔波，我哪裡都不敢去了，只能抱著袋子、提心吊膽地坐在公園石椅上休息。

野狗經過或是鳥的拍翅聲都會讓我驚醒，深怕不小心睡得太熟連條子來了都不知道，一方面也要提防流浪漢對我的東西虎視眈眈。雖然外星人說會幫我守夜，但他睡著得比我還快……

隔天，我在公園廁所裡換上宅配人員的制服，還拿刮鬍刀將眉毛仔細整理一番，修得歪七扭八。

我戰戰兢兢地拿著牛皮紙包裹，躲在紐克利大樓附近巷子裡窺視。

大概是因為之前我惹出的風波，現在戒備看起來加強了許多，許多戴著耳機的黑衣人在大樓旁巡視，門口的警衛也換成穿黑西裝的彪形大漢。

今天大樓前面非常熱鬧，一堆西裝筆挺、看起來極有派頭的人陸陸續續坐著黑頭車到達，其中還有幾個老外。

「這些人看起來真是有氣勢啊！」外星人讚嘆著。

「無奸不商，這些人八成是聚集在一起討論併購中小企業，害小老百姓丟飯碗。」我唾棄道。

我一直躲到那些人都往大樓裡移動、司機紛紛將車開往地下停車場後，才忐忑不安地走向大樓。

到了門口，我就被兩個門神擋下來了。

「我、我送快遞來。」我努力不使聲音發抖，這兩個看門的壯漢大概只要一掌就可以拍死我了。

一個大漢挑著眉，粗聲道：「現在制度有改，送包裹不能到裡面，只能在外頭簽收。」

我戰戰兢兢道：「隨便，反正只要有人簽收就行。」

對於我的不自然，他們並沒有說什麼，應該是習以為常了，大概每個來送貨的都跟我一樣害怕得牙關打顫。

左門神看了看我手中的包裹，問道：「包裹是給誰的？上面沒有收件人啊。」

法克！我竟然完全忘了在包裹上寫上地址和收件人，連簽收單也沒有，這下子一定會露餡的！然而箭在弦上、不得不發，我強裝鎮定道：「不知道，我從集貨處拿來時就沒有了，只說是送來這裡。」

「很可疑喔。」那人說道，「這種來路不明的包裹是哪來的？也沒寄件人，先看看是什麼再說。」說著便將包裹搶走。

「我、我只是個送貨的，什麼都不知道。」我慌張地辯解，看到他將包裹倒置準備拆開來，我連忙說：「小心點！說不定是蛋糕。」

那人一臉狐疑問道：「為什麼？」

就跟你說我只是個送貨的咩！我結巴道：「不、不知道，反正你們收下就好，回去再看吧。」

左門神聽了厲聲道：「你站著不許動！」然後粗魯地將包裝撕開。

一看之下，我也愣了，那真是一個鞋盒，畫著個倒過來的鉤，還是山寨的咧。

左門神打開盒蓋，只見裡面裝的不是鞋子，而是一支金屬管子，約莫是殺蟲劑噴罐大小，兩端嚴密地焊接起來，完全沒有開口，奇怪的是外頭竟畫了個電風扇圖形。

那大漢一見之下臉色大變，將管子連紙盒一起拋下，匡噹一聲重重砸在地上。

我正摸不著頭緒時，他竟然從後腰摸出槍來對著我。

「說！這包裹哪來的！」

另一邊的右門神見他這番舉動似乎也吃了一驚，趕緊上前拾起包裹。

我高舉雙手，心中驚疑不定。那個匿名人到底讓我捲入了何事當中?!

「等等！」

右門神連忙阻止了拿槍的傢伙，道：「裡頭還有別的東西。」

他將那支金屬管拿起來，只見下方放了塊複雜的電路板，一堆彩色電線穿來穿去，電路板上方還連了一支約試管大小的透明管子，裡面裝了奇怪的濃稠液體，綠綠白白的正混合在一起。

「哈、哈哈……要是沒有那管鼻涕，這看起來還真像炸彈啊。」我乾笑道。

那人臉色大變，馬上將手中的紙盒用力擲了出去，落在路旁停著的車輛中間。

我還來不及反應，一陣天旋地轉，人猛然飛出去了。

然後，一聲巨響伴隨著爆裂的氣流和碎片炸了開來。

震耳欲聾的爆炸聲連綿不絕，落在車堆裡的炸彈爆了之後形成連鎖反應，一旁的車都受到波及，一時間火光沖天。

我的耳朵聽不見任何聲音，鼻腔中滿是汽油燃燒的味道，視野中是淺藍的天空和如棉絮般的雲層，以及被染紅的半邊天。

我早在爆炸之前人就遠遠地飛了出去，落在地上後還滾了幾滾，除了爆炸迎面而來的熱流，周身都是冰冷熟悉的觸感。

視線慢慢下移，我的意識也回到現實。

短命鬼背對著熊熊烈火，臉上的表情看得不太真切，但他緊抓著我的力道以及微微顫抖的手傳達了他未說出口的話。

他在爆炸前一刻就將我撲了出去，並用自己的身體阻擋了原本可能會直往我身上而來的衝擊。

一陣陣難以言喻的感覺湧現。為什麼我會忘記如此重要的東西?連一點支離破碎的回憶都沒留下,但仍然能清楚感受到,似乎有什麼密不可分的羈絆存在於我們之間。

如果我沒失去這些,是否就不會有現在這種全身充滿著空虛的感覺?

從知道自己失去記憶開始,就有種隱約的不安縈繞心頭,這個莫名妙出現的鬼魂跟我是什麼關係?

他不停說著我可能曾參與過的事,可是不管我如何在腦中搜尋都找不到一點殘破的記憶碎片。讓我不由得慌張起來,連帶也對這傢伙產生了不信任感。縱使在情感上我不斷說服自己,想相信他,失去記憶造成的空白卻沒那麼容易補回來。

直到現在,我才真正為自己對短命鬼的態度感到後悔。在認出他的一剎那,胸口滿滿的……

爆炸聲漸緩,只剩不時的玻璃碎裂聲。短命鬼放開了我,我緩緩從地上坐起身,總覺得很久沒看見這張看膩的臉。

看向紐克利大樓,玻璃大門都已震碎,街道上行道樹和車輛兀自燃燒著,滿目瘡痍的樣子實在慘不忍睹。我慌張地想看看原本在門口的兩個大漢是否平安,短命鬼拉起我一條手臂說道：「快走吧，等一下就會追出來。」

我抓著他的手一用力，竟然站不起來。這幾天的顛沛流離的生活再加上適才爆炸的驚恐，讓我現在雙腿發軟，頭皮麻到不行。

他架起我一邊身體硬拖著我站起。這時，兩個左右門神從大樓裡跑出，左顧右盼一番後轉過來遠遠地看到我，就回頭大叫：「人還在，快抓！」

短命鬼「嘖」了一聲，托著我的身體開始跑。他跑得飛快，我的腳步幾乎跟不上……其實也不用跟，他在跑時，我的腳只是輕輕地沾了沾地面，全身的重量幾乎都壓在他身上。早知道他可以這樣帶著我跑，之前逃難時假裝扭到腳就行了。

他帶著我狂奔了許久才停下，至少我可以確定，紐克利的人是追不上我的。

到了一處巷子裡，短命鬼才停下來，我馬上癱軟在地，顧不得地上髒不髒。

他居高臨下地睥睨著我，「你看起來真夠狼狽，我不過消失兩天，你好像連腦袋都變遲鈍了。」他譏笑道，「不過，跟你在一起就只能一天到晚往巷子裡鑽，簡直比過街老鼠還悲慘。」

我靠在牆壁上猶自喘著氣，腦子裡充塞著滿滿的疑問，全身發顫地問道：「剛剛……有人死了嗎？我害死人了嗎？」

他嘆口氣：「剛剛那種情況，要是我沒及時出現，唯一會有事的就只有你了。那些人經過大風大浪，反應自然不會輸給你。我看過了，沒人受傷，真是不幸中的大幸。」

我鬆了一口氣，壓在心裡的問題去了一半。

知道我拿去的是一顆炸彈時，當下只剩一個念頭，就是我殺了人。縱使那些人是多麼無惡不作，縱使我是受人指使，在不知情的情況下送去那個可以輕易奪走人命的東西，終歸還是我下的手。那些人應該接受的是正當的審判，而不是這種非法的制裁。

「那是種液體混合炸彈，利用兩種不同比重的液體保持著平衡。上頭的東西拿起來之後兩種液體便開始混合，引發爆炸。威力不算太強，只是丟到了車輛中才引起如此劇烈的效果。」

短命鬼靠在牆上，看起來似乎有些疲累。他沉吟道：「打匿名電話的人，他的行為倒是說明了他應該跟紐克利有仇，不過這種借刀殺人的手段實在不太光明，就你這笨蛋渾然不知。」

「拜、拜託你別廢話連篇，我剛剛差點給炸到歸位了，幸好不是下了地獄才又見到你。」我斜眼瞪著他說：「你跑回來幹嘛？該不會是要投胎前來見我最後一面吧？還是又找了哪個倒楣鬼可以供你使喚？」

「倒楣鬼？一直都是你。」短命鬼一臉好笑地說道，「我可從來沒想過要找其他人，一開始就跟你講得很清楚了。」

沒去找其他人？我疑惑道：「那你跑哪去了？度假？我還以為你一定是去找以前的同僚或馬子幫你咧。」

他翻了翻白眼，這動作在他身上看起來相當不協調。「你還真是遲鈍，我給了你這麼多提示你竟然都毫無反應。若我袖手旁觀，你大概還趴在車站裡吧。」

我仔細想想，昨天我在車站急得像熱鍋上的螞蟻時，確實發生了許多巧合引導我找到答案，甚至快被火車輾過去時也似乎有人拉了我一把。我還想著我是吉人天相，所以能化險為夷，原來是短命鬼暗中相助。

我吶吶地說：「你幫我做什麼？不是才說受不了我了嗎？既然要幫我，幹嘛還要躲躲藏藏的？」

他聳聳肩道：「只是想讓你吃點苦頭罷了，而事實也證明，你沒有我根本一事無成。」

「你少在那邊自吹自擂！本來看到你還有些開心，現在只覺得更煩了。」我嫌惡地說，「總而言之，之前的事是我不對，歹勢啦！」

「這是道歉應有的態度？」

「你別拿翹！我這是認錯不是道歉，不要隨便曲解我的意思！」我惡狠狠地瞪著他。

看著短命鬼奸詐的臉，我有種失而復得的慶幸，畢竟他和我也算朋友吧，雖然實際上我比較類似於他的奴隸，但他幫我的遠比我給他的多。知道他並沒有離開，我現在只有滿心安慰和慶幸。

他離開不過短短兩天，我卻覺得好像度過了漫長的逃難生活。雖然過去與他相處的記憶不復存在，但下意識似乎已經習慣有他在身旁。

我轉過頭去彆扭道：「回來就好啦，我不會再跟你吵了，反正我也認了，我不入地獄、誰入地獄？」

「不是說了我沒離開過？」

「吵死了，別挑我語病！那麼，你真的沒考慮換人做做看嗎？反正可以透過電話溝通，我想你過去的同事應該比較能幫到你，像蟲哥……他們的資源比較豐富吧。」我低頭假裝搓揉著小腿說道。

短命鬼陷入詭異的沉默，良久才開口。「在我生前，從未想過信任問題，做警察的一定都是將生命交付給彼此。但我的死確實是內賊搞的鬼，所以我現在無法分辨哪一個人可以完全信任。」他黯然道。

我可以理解他的沮喪，難怪之前提起這件事他總是諱莫如深，換作是我，也無法相信自己的好朋友或是信任的人會陷我致死。

猛然間打了個寒顫，有種噁心感慢慢從腳底直竄到頭皮，好像有什麼危機正在靠近。我一轉身，果不其然看到張又皺又大的臉，賤狗就在我身後，皺著一張臉盯著我。

這時看到賤狗，也突然生出種懷念的感覺，那張醜臉似乎沒那麼令人生厭了。

「這幾天賤狗都在哪？」我問短命鬼。

「007 一直保持距離跟著我們，跟監也是牠擅長的行動之一。」

「聽你在屁！最好是緝毒犬學校會教狗怎麼跟蹤啦，賤狗第一個就會被排除在課程之外，長這樣子想不引人側目都難！」

我瞧瞧賤狗，牠滿是風霜的臉上透露著些微疲憊，牠年紀已大，這樣的逃亡生活牠可能也吃不消。我不由得有些心虛，好像是我害的……

我撇過頭，對賤狗伸出一隻手：「我既然都可以跟短命鬼和好了，再跟你吵也沒意思，看你這麼老了，我們乾脆言歸於好吧！」

賤狗像是很驚訝地愣愣看著我。良久，牠才發出帶有一絲無奈的聲音，頭一轉，完全無視我的示好。

……我操！久別重逢的傷感瞬間消失無蹤。這時才想到一件我們忽略的事。我問短命鬼道：「你看見外星人了嗎？他會不會是被炸飛了？」

他的臉色倏地陰沉下來。「你放心，他跑得倒是很快。」

「我、我在這……」

外星人的聲音怯生生地從背後出現。他躲在垃圾箱後企圖遮住兩公尺多的身體，但銀色的衣服刺眼得讓人無法視而不見。

「你躲在那幹嘛？被追殺喔？」

外星人還沒回答，短命鬼就陰鬱地朝他走過去，而後竟然伸出手揪住外星人的領子，凶狠的樣子就像是看到殺父仇人一樣。

「喂喂！你幹嘛?!」我連忙衝上去拉住他。

短命鬼直勾勾地盯著外星人，而外星人就像破布一樣，任憑短命鬼抓著他甩來甩去。

「這是你做的吧？說，你到底有什麼目的！」短命鬼厲聲問道。

外星人嚇得癱軟在地上，手臂和兩條腿都垂在地上，完全不敢抵抗。「我、我聽不懂你說什麼……」

短命鬼又加重了手上的力道，手背上青筋都浮起來了。「你要是不說我就勒死你。」

外星人被他勒得喘不過氣，臉變得更綠了。

我從背後抱著短命鬼想將他拉開，慌張大叫：「有事慢慢說，你要是殺人會下地獄耶！」

「無所謂，這傢伙也不能算是人。」短命鬼冷笑。

「對、對不起啦……」外星人氣若游絲地說，「那個炸彈……是我做的！」

短命鬼鬆開手，外星人倒地。我張大了嘴，還在咀嚼那句話的意思。

「打電話的就是你嗎？」短命鬼質問。

外星人點點頭，「我在全球資訊網上學到詐騙勒贖的方法，還有炸彈的製作方式，想說可以藉這個機會把大樓裡的人趕走，我就可以放心地找太空船了。」

「這一切都是你策劃好的？」我不可置信地問。

外星人誠惶誠恐地說：「我想說那位大哥在的話絕對不會答應，就故意挑撥離間。你們在挑假髮時，我到外頭偷打電話，讓你們鬧翻。晚上睡覺時我睡在你看不到的地方，才可以偷偷跑去蒐集材料並將一切布署好。」

「等等等等！如果你打算炸了大樓那也就罷了，為什麼要刁難我跑到火車站去找半天？」

「網路上有勒贖教戰手冊，說要交付贖金時一定要為難家屬給他們下馬威，我便應用到這上面……」

「靠！原來都是你這王八蛋搞的鬼！」我氣得七竅生煙，「你差點炸死我耶！」

外星人跪在地上賠罪道：「我真的不是故意的，沒想到炸彈威力這麼強大！」

看他這副德性，我憋了一肚子氣也無從發洩，但總要讓他知道害怕才行。「短命鬼，我想到處置他的方法了。」

「什麼？」

我目露凶光、咬牙道：「把他的手腳纏在一起，綁在電線杆上讓他自然風乾。」

「我真的知道錯了，我不會再打匿名電話了！」外星人淒厲地叫道。

我悻悻然地想站起來，小腿猛然一陣刺痛又跌了回去，才發現左小腿肚有條傷口，血滲出來黏了一大片。

短命鬼剎時收起調笑的表情，將我的褲管捲起來，有道猙獰的傷口斜斜橫越我的小腿。他從背包裡抽出一件T恤壓在傷口上，邊碎碎念道：「你竟然身上多了個大窟窿也不知道。」

「拜託，這種小傷自己會好的啦，大驚小怪。」

外星人看著我的傷口的處理過程，臉色簡直是綠得發黑了。「真恐怖，地球人的血竟然是紅色的。」

短命鬼幫我將傷口包紮好，又協助我換了衣服和假髮，才叫了計程車。司機看到賤狗上車時還嚇得撞上方向盤，雖然我已經在賤狗頭上綁了塊布讓牠遮住半張臉，可是露出半張好像更噁心。

車上放著廣播，司機先生聽著和他的外表很不搭軋的流行音樂。一首歌結束後就是新聞快報，今天的新聞重點就是一家美商公司的大樓遭到炸彈攻擊，嫌犯目前還未抓到。

「你想他們知不知道是我？」

我下車後，迫切地想向短命鬼問個清楚。

「警衛看到了你的臉。」他嘆氣道。「只要比對照片很快就能查到了。」

「我是被陷害的耶！哪知道裡面是炸彈？要是知道，我連摸都不會摸一下。」我邊說邊瞄了外星人一眼，他正拿著我剛買給他的兩公升裝礦泉水猛灌，差點沒嗆死。

「這些說辭就留著對警察說吧。」短命鬼不顧情面地說。

外星人費力地將寶特瓶壓扁，問道：「你們不覺得這個方法其實很不錯嗎？這樣子可以有效驅散大樓裡的地球人。」

「是啊，真可惜沒有連你的太空船一起炸掉，讓你成為星際難民！」我罵道。

PHANTOM

Chapter 8

ＭＩＢ總部

AGENT

外星人的預料正確，紐克利大樓裡的人果然全都疏散了，因為爆炸案主嫌——就是本人我——還沒抓到，有繼續犯案的可能性，因此警方全面封鎖了大樓，任何人不得進入。

「既然如此，我們要怎麼進去？」我問。「就算偽裝成員工也行不通啦，現在連他們的自己人也進不去。」

「所以我才帶你來這裡。」短命鬼一副莫測高深的樣子。

我們躲在市立圖書館書庫裡，因為除了念書念到一半發春的學生情侶，這裡沒什麼人會進來。今天是星期一休館日，我們要在今天找出潛入大樓的方法。

我把書堆在地上再鋪上衣服，就成了很舒適的床，比大樓屋頂舒服多了。

外星人翻閱著書籍，尤其著迷於地球人的宇宙相關研究。他邊看還會發表評論，指出大爆炸的時間比我們所知的更早，或是恆星的衰變速度算式有錯誤之類的。

我瞄瞄書架上那些髒得要命的書，捏起一本道：「你是說圖書館有教我們如何犯罪的書？」

「差不多。」短命鬼打開館內索引電腦，沒一會兒就查出了他要的書。他指著螢幕道：「我要找的是城市設計的雜誌或期刊。」

「噢！」我驚嘆。「那是幹嘛的？」

「雖然你說過不要鑽下水道，現在也只剩這個辦法了。」他臉上露出奸險的微笑，「都市環境規劃與設計包含了下水道工程，所以要潛進去，我們就得知道那附近的下水道網絡系統。」

「靠！下水道不都是老鼠和大便?!」

短命鬼沒理我，逕自下樓去找書。他抱回了一堆雜誌，裡面有我們所在城市的規劃及各處細部藍圖。那些圖我根本看得霧煞煞，只好去找些我有興趣的書來打發時間。不過在連看了好幾本鬼故事後，我就覺得圖書館裡似乎冷了起來。

我不敢跟短命鬼說我看鬼故事看得自己嚇得要死，就裝成是去關心他的進度。

「有些不對勁。」短命鬼說道。

「怎麼，下水道太小鑽不進去？」

「讓我來，讓我來！」外星人自告奮勇，「我比你們苗條，老鼠洞也鑽得進去。」

短命鬼微蹙著眉頭道：「紐克利大樓蓋了有一段時間了，兩年前做過改建。由於地基及其他建設會影響到下水道系統，所以下水道也經過全面改道。」

「然後咧？我聽不出半點奇怪之處啊。」

「奇怪的是，這裡有大樓興建前後的藍圖，卻沒有改建後的藍圖。」他指著雜誌上一張照片說：「這個設計師包辦了大樓的所有設計，而他在業界算是挺有名氣的，所有的作品都會發表，但唯獨紐克利大樓改建的工程沒有。」

「說不定是他覺得這個作品不好，哪裡有問題？」

「問題出在於，他在大樓完工後不到一星期就出車禍……」

「死了？」我問。

短命鬼點點頭。

「你覺得他是被『喀嚓』了？」我用手在脖子上作勢劃了一下。

「嗯，他應是被滅口了，這很像青道幫一貫的手法。」

我想了想問道：「所以，紐克利真的和青道幫關係密切？」

「我想是的。」短命鬼思忖著：「有三種可能：第一，過程中他發覺紐克利的祕密；第二，他和紐克利的條件交換談不攏，畢竟受雇於勢力龐大的黑社會總是伴隨著相當高的風險與利潤，極可能還有私底下的利益輸送；第三……」

「我知道！」我搶著回答，「就像是古代建造皇宮或陵墓的工匠一樣，因為其中的祕密通道不能洩漏，所以建完就把他們宰了！」

「大致就是如此。」

我將《百科全書》搬來堆骨牌，瞇著眼睛對準賤狗，邊對短命鬼說：「不過，我覺得應該是分贓不均，他幫和青道幫勾結的企業做事，一定不是什麼好人。」

「你這說法也太偏頗。」短命鬼不以為然道，「當然有時利益會凌駕於道德之上，但從我們所知的層面來看，這只是正常的商業行為。」

「才怪！」我啐道。

外星人從《相對論》中抬起頭，自以為是地說：「我覺得是第三，他們建造了祕密研究外星文明的實驗室，不能公開，所以就……」

「第二啦！」

「我覺得是第三點……」

我和外星人爭先恐後地表達意見，一時忘形，碰翻了辛苦排好的《百科全書》骨牌，結果當然是沒命中目標賤狗，還把牠惹毛了，逼得我不得不爬到書架上閃避牠的攻擊。

「喔，我知道地球人屬於靈長類，不過還是第一次看到動作可以媲美真正猴子的人呢！」外星人驚嘆道。

「他不是人，是猴子。」短命鬼說著風涼話。

「靠！這樣說起來，你們這些傢伙也都不是人！」

隔天，我們根據以前的舊管路圖，從大樓附近的下水道進入。

「基本上附近的下水道沒什麼變，我們只能邊走邊探路。」短命鬼道。

「我寧願從一樓正面衝突，臭死了！」我一手捏著鼻子、一手拿著探照燈抱怨道。

我戴了三層口罩，人中和口罩裡都塗了厚厚的小護士軟膏，但也無法抵擋下水道的惡臭，臭味加小護士的嗆鼻薄荷味薰得我眼淚直流。這裡約是地下十公尺處。下水道並不如我所想的狹窄到只夠老鼠通過，旁邊有供施工及維護人員行走的步道，基本上是不會有必須涉水走過的疑慮，不過走在濕滑的青苔路上，實在是如履薄冰。

「別抱怨了，你該慶幸下水道和化糞池系統是分開的。」短命鬼不耐煩地說。

外星人伏低身體，在青苔上模擬溜冰行為，玩得不亦樂乎。「我不覺得很臭啊，這樣子就好像地球人的傳奇英雄『印地安納瓊斯』呢。」

「你不如說是忍者龜好了。」我翻白眼道，「電影那是唬爛的啦！怎麼可能真的會有外星人來地球還留下……」我見到外星人不滿的眼神，只能閉嘴專心走路。

短命鬼根據手中的施工圖帶我們走了許久，終於遇上圖片沒標明的岔路。這裡的步道錯綜複雜，沒指示根本不知道該怎麼走。

「這時候就要靠賤狗的動物第六感找路……」我提議道。

「你白痴嗎？」短命鬼冷淡道，「不如靠你的猴子本能好了。」

我岔岔然地就要衝上去跟他理論，外星人連忙拉住我，賤狗也露出利牙對我咆哮。

短命鬼毫不客氣地從我背包裡拿出他命令我事先準備好的指南針，比對著地圖的方位開始走。這下方的水道彎彎曲曲，要有參照物才能確定位置。越走越深入，海拔高度也不斷降低，氣氛也陰冷起來。

不過，接下來的路線不太順暢，岔路極多，還挖得坑坑巴巴或是窄得讓人難以通行，有些地方還有滲水，弄得我全身又濕又髒。外星人在這潮濕的地方倒是如魚得水，有效地利用身體的柔軟度鑽來鑽去，像條長腳的大青蛇，噁心死了。

在漫無盡頭的隧道中行走，沉寂的黑暗中，規律的腳步聲和滴答的水聲能讓人靜下心來思考。現在對我而言，最大難關就是那一道無法跨越的記憶障礙。

隨著短命鬼走進幽深的黑暗地下，除了面對未知事物的忐忑，我並不覺得恐懼，似乎任何事都能迎刃而解。重逢之後我的心裡仍有不安，但對於短命鬼的信賴感也無來由地湧出。

雖然無論怎麼努力都無法再拾起遺失的片段，但過去的記憶似乎刻進我的骨子裡了，縱使忘記，那些刻痕所留下的情感卻磨滅不去。像現在這樣，走在短命鬼背後的場景彷彿似曾相識，即使深入危機之中，只要走在他身後，那種安全感是無可取代的。

這讓我迫切地想要恢復記憶，因為我也察覺出自己和以前有所不同，不管是心態或認知。雖然曾試著逃避，但決定面對短命鬼之後，還是會好奇到底是什麼樣的經歷才造就了現在的我，總覺得如果不找回失落的部分，我就無法稱為完整。

短命鬼在一扇鏽蝕的鐵門前停下，他比對著地圖道：「應該是這裡了。」

我試著拉了拉鐵門，門動也不動。短命鬼將手中東西放下，穿過去後再開門。這鐵門應該有好一陣子沒用過了，一拉就發出刺耳的「軋——」，響徹整個下水道。

門一開，與下水道截然不同的乾燥冷空氣迎面而來，溫度比外面還低一些，帶著點若有似無的氣味，味道太淡了無法分辨。進去後是一個不大的空間，磨石子地板和刷了白水泥漆的牆壁，對面又是一扇門，門上還有個巨大的轉盤，像是船上的防水閘。

短命鬼走到門邊，叫我用探照燈對著門，看了看對我道：「這是密碼鎖，需要鑰匙和密碼才能開門。我和那傢伙進去是沒問題，不過你就沒辦法了。」

「我才不要一個人留在這。如果說我進不去，你們也都不要進去好了。」

「你還記得怎麼靈魂出竅嗎？」他問。

我想了會兒道：「不知道，你跟我說步驟，我試試看。」

「我不覺得你能成功。」短命鬼唱衰道，「就像脫衣服般，把肉體脫掉。」

「喔，跟我想的不太一樣，還以為是要像撇大條一樣，把靈魂拉出來咧。」

此話一出，只招來三道鄙視的目光。

外星人伏低身體，觀察了好一會兒道：「我想，這種程度的鎖我應該有辦法。」

他說完，便舉起手表按了個鍵，表面旁伸出了一根細細的銀色探針。外星人將手表靠近鑰匙孔，探針便旋轉著伸長插入洞內。「它可以同時解碼開鎖，還可以反偵測避免被追蹤到。」

「哇，你那手表簡直比kero球還神奇！」我驚嘆道。

外星人在表面上按了幾下，探針開始旋轉，手表發出高低混雜的嗶嗶聲。約莫過了二十秒，密碼鎖響了兩聲，螢幕上顯示綠燈，接著厚重的大門就緩緩開啟。可能是感應到門開了，隔壁的燈自動亮起，一切一覽無遺。

我關掉探照燈，看到門的另一端，我張大了嘴巴……又是另一間房！

這個空間同隔壁一樣空無一物，牆壁、地板甚至連天花板都是某種平滑堅硬的金屬，光可鑑人。

「這是……鉛。」短命鬼沉聲道，臉色陰鷙。

他的表情著實讓我嚇了一跳，狐疑道：「鉛就鉛，有什麼好稀奇的？」

他沒說話，只是看著房間另一端的門。這門和先前的有所不同，是滑動式的，和牆壁同樣的材質，嵌得嚴絲合縫，若不靠近細看，幾乎連門的形狀都瞧不出來。

我瞇著眼道：「而且還是一體成形咧，牆壁和地板完全沒有接縫。這房間真詭異，真像是會出現在科幻電影裡的場景。」

賤狗來到這從沒見過的地方似乎很興奮，找了個角落撒了泡長長的尿。

外星人很不以為然地說：「我的太空船才沒有這麼沒品味的裝潢呢！依照地球人的常識來看，你一定以為我的太空船裡面的裝潢全都是銀色的吧？」

「你自己的衣服就是銀色的啊。」我嘟囔道。

倏地，背後傳來門關上的聲音，而且有種奇怪的「嘶」聲傳來。

「看來這門會自動上鎖。」短命鬼湊近門尋找發出奇怪聲音的地方。

「這裡空氣好像有點稀薄。」外星人道。

短命鬼聽了外星人的話，臉色忽地一變，沉聲道：「這間是真空室，那聲音代表空氣正被抽出！」

聽他這麼說，我突然覺得有些呼吸困難，驚惶道：「怎麼辦？」

「不要說話！」短命鬼厲聲道，然後迅速將我的背包拿走。

我摀著嘴看著短命鬼將我背包裡的塑膠袋和吃剩下的餅乾袋都拿出來，在空中用力一揮，漲滿了空氣之後便用力綁緊。

「我、我來幫忙！我可以憋氣很久，但地球人不行吧？」外星人緊張得觸角直挺挺立著，拿起塑膠袋軟弱地揮舞，看起來就像是要抓蝴蝶。

短命鬼邊動作邊指示他道：「你快點去開門！剛剛進來那扇門應該無法從這邊開啟，開另一扇門！」

剛剛進來那扇已經完美地和牆壁合成一體了，幾乎看不出隙縫，而另一扇門旁有個液晶螢幕和鍵盤，也是個必須輸入密碼的鎖。我漸漸感覺呼吸困難，就像是剛跑完馬拉松一樣，大口大口呼吸著所剩不多的氧氣。

短命鬼遞過餅乾鋁箔袋，罩住我的口鼻，並吩咐賤狗道：「007，憋氣。」

賤狗乖乖地趴下來，兩隻前爪作勢遮住鼻子，短命鬼拿了個袋子讓賤狗自行呼吸。

我吸一口氣，大罵：「你這個蠢外星人在慢慢摸什麼！我窒息而死之前一定會拔掉你的觸角、把你打成死結，一輩子都解不開！」

外星人正在門前忙碌著，唯唯諾諾道：「這、這個鎖比較複雜，可能要多花一點時間。」

我盡可能想放緩呼吸以節省剩下的空氣，但一緊張，心跳也跟著急促起來，更是無法控制氧氣消耗。短命鬼輕拍著我的背安撫我躁動的情緒，一邊催促外星人快一點。

這個鎖比剛剛的複雜多了，時間一分一秒過去，卻遲遲未見可通行的燈號亮起。我腳邊散落幾個被我和賤狗吸癟的餅乾袋，手上的袋子已經是最後一個了。

「如果我是電影主角……」我的臉埋在特大號餅乾袋裡，口齒不清道。「這種時候一定會有美女在旁邊，等著口對口讓渡空氣給我……」

「不介意的話我樂意效勞。」短命鬼冷淡地說，「只是我傳過去的是致死的陰氣。」

「老子要美女啦！而且你這個死人骨頭根本不會呼吸！」我大罵。

「你最好省點力氣，否則等一下可能是007要救你了。」短命鬼譏笑道。

我頓時有如五雷轟頂，趕緊閉上嘴巴努力憋氣。要是得讓賤狗口對口人工呼吸，我寧願憋死算了！

這時，救命的聲音終於響起。

往外星人那邊看去，只見螢幕的綠燈亮起，我三步併作兩步衝上去拉門。「這門怎麼沒開?!」我一手拿著袋子，使盡吃奶力氣都無法使那扇厚重的門移動半分。

「別著急，要先等兩邊氣壓平衡，門才會開。」短命鬼拿開我手上的塑膠袋，「空氣正在注入，你可以正常呼吸了。」

我照短命鬼的話深呼吸，只覺得就像有個打氣筒重新將活力灌進身體裡，甚至可以感覺到充滿氧氣的血液在全身流動。門鏘啷地開了，我一馬當先衝了過去，深怕再被關在真空室裡。外星人、賤狗和短命鬼慢慢走了出來，臉上都露出驚訝的神色。

「看屁啊！」我罵道，「我和你們不同，還有大好人生要過，你們要不是死了就是活得夠久了當然不怕……」我講到一半才注意到他們並不是看著我。

我環視周圍，發現我們處在一條寬闊筆直的走廊上，剛出來的房間占據了一頭。會稱為「走廊」是因為這個空間基本上呈長型，但它的高寬卻遠大於正常的範圍。天花板至少有五公尺高，左右寬敞得足夠波音 747 起降了。比照之下，我們背後的那扇門簡直就像老鼠洞一樣。

更驚人的是，地板及牆面都如同方才那間真空室，鋪滿了鉛金屬建材。我微微一挪動，就產生巨大無比的回聲，久久不絕於耳。

「這裡應該是……」短命鬼說著，卻又沒將話說明白，自顧自地研究起來。他將手貼近牆壁，然後收了回來，向爭論這空間的用途而吵得不可開交的我們道：「似乎找對地方了，我無法穿過牆壁。」

我放開勒著外星人脖子的手，問道：「牆壁裡埋了符咒之類的？」

「不確定。」

外星人聞言，得意地按了下手表說：「我解除性質轉換了，現在要直接穿到地心都可以。讓我來當先鋒吧，我可以先穿過牆壁看看是否有危險！」

我欣慰地說：「你終於幫得上忙了。」

得到我的肯定後，外星人氣勢洶洶地往牆壁方向走，還很帥氣地比了個自以為是飛行員的手勢，然後——狠狠地撞上牆。

他被撞得頭昏腦脹，回過神來看到我和短命鬼與賤狗瞪著他，還一臉奇怪道：「咦，你們都會穿牆嘛！」

「為什麼他穿不過去？」我問短命鬼，「他不是說啥粒子組成的，不會碰到其他物體嗎？」

「不知道。」

外星人知道狀況以後，兩手摸著牆壁碎碎念道：「怎麼回事？難道手表壞了嗎？」

他說完後伸出一隻手試探性地摸我，而這次他的手成功穿過我的腦袋，害我覺得腦子裡好像有東西在攪拌，直打了個冷顫。

「嗯，你的腦袋裡好像沒什麼東西。」外星人下了結論，另一隻手再度摸上牆壁，卻還是被擋住了。「太奇怪了，我想果然還是因為手表故障，讓我的性質轉換出了差錯，同質性太低的東西我就穿不過去了。」

我也不知道他的話有無根據，只是我們接下來的行動更得步步為營才行。

這條奇怪的走廊上啥都沒有，但短命鬼還是相當謹慎地先繞過一遍。「紐克利大費周章地在地下建了如此地方，這裡卻沒有任何監視設備。」

我摸著牆壁尋找暗門。「誰知道？說不定這裡真的只是冰箱，剛剛那間真空房是用來防止氧化的。」

短命鬼微蹙著眉頭道：「我太輕忽了，不應該讓你這樣隨便闖進這裡。不過現在看來，往回走是不可能的，剛剛通過的門都無法從這一邊開啟。」

「沒辦法從這邊開啟……」我苦苦思索。「我猜另一邊關了火雲邪神或史矛革，怕他們跑出來。」

「我只能說，地球的年輕人應該要少看一些電視才行。」外星人語重心長地搖搖頭，頭頂的觸角也隨之晃動。

我們靠在走廊一邊，一個挨著一個魚貫而行。雖然短命鬼對我的機關說法嗤之以鼻，我還是相當小心踩下去的每個步伐以及手摸到的地方。

走廊另一頭的門相當巨大，幾乎塞滿了整面牆。

「……這扇門不管怎麼看，我們都推不動吧？」我仰頭看得脖子都發痠了。

外星人很神氣地說：「這麼大的門，我可以相當肯定地說，這裡面一定有我的太空船！」

「你瘦不啦嘰的，太空船會有多大？」我啐道，「如果說裡面是養恐龍的地方還比較有可能。」

這扇門雖然巨大得讓人難以置信，不過至少還有辦法打開，門上又是個螢幕，必須要輸入密碼。外星人二話不說，馬上又將他的萬能手表插進鑰匙孔裡。

因為這門很大，我想一定是最後一道關卡，那麼要破解密碼必定要費更多時間，只是在我把PSP和其備用電池都玩到沒電之後，那門依舊嚴嚴實實地閉著。

外星人看起來似乎很煩惱，他的手表不斷發出像是錯誤的警告聲。

「喂，你先來幫我充電啦，拖了這麼久到底在幹嘛啊？」我揮舞著PSP說道。

「我也沒辦法啊，這個密碼鎖相當複雜，沒想到科技如此落後的地球竟然能研發出連我國都無法破解的鎖。」外星人的臉整個靠在螢幕上，臉上的表情相當猙獰。「我看只能把它拆了……」

我一個箭步衝上去拉住他，賞他一拳之後大罵：「神經病！看來你對地球人還不了解，這種東西要是隨便去動一定會爆炸的！」

外星人眼睛都充血了，狂熱的表情看起來就像是打了三天遊戲沒睡覺的阿宅。

「不行，我一定要弄開這個門！」

外星人的執念似乎得到了回饋，剛說完他的手表就發出嗶嗶聲。再度一鍵鍵地按下密碼，輸入完畢之後，螢幕上就出現了綠色的通行字樣。

頓時，一種低沉的轟隆聲傳出，腳底都能感覺到震動。只見門緩慢地打開了，聽得到承軸和鐵鍊絞動的聲音，吃力地牽動著起碼有一公尺厚的門。

開門的瞬間，我就被眼前的景象震懾住了。裡面是個巨大無比的空間，讓人無法相信這是在都市中心的地底下。

我們踏了進去，更能感受到這裡給人的壓迫感。呈半圓球形的室內還有無數如同我們進來的那扇門，整整齊齊地繞了一圈。

「有四十九扇。」短命鬼冷靜地數了一遍。

「嘖嘖……這裡有好幾個足球場大耶，夠讓世界盃所有比賽同時舉行了，門後面就當作是各國的休息室，我們也可以去申請下一次的主辦國。」我驚嘆道。

這裡相當明亮，牆壁和天花板都是銀色的鉛，地上卻只是鋪著普通的大理石，中央廣大的面積是個巨大繁複的圓形圖案。

我跨近一步，仔細觀察之後才發現，這圖形是刻在地面上的，再用黑色的塗料填滿，而組成這個圖形的線條，竟然是一個個微小的文字，而那字體本身就很複雜，我完全看不出是哪國文字。

「這是冥文。」短命鬼湊近查看之後道，「照理說這種文字只在陰間使用，只有死人才能看得懂，為什麼會出現在這？」

「喔，我猜他們是從網路上學的吧？」外星人伏下身來，「因為我也有學過啊，一個一個分開來我看得懂，但是組合起來我就不懂它的意思了。」

短命鬼瞄了外星人一眼沒說話，轉回來對我道：「你不覺得這整個圖形看起來很眼熟嗎？」

我退後幾步以看清楚這龐大的圖案，赫然發現這個大圓形圖案是由好幾幅小圖──說小也不小了──圈成的。我正前方的圖樣，是幾個光溜溜的人抱在燃燒的柱子上，面色相當痛苦；旁邊有幾個像是惡鬼的人物，張牙舞爪地嘲笑著那些受著酷刑的人；還有一堆人在旁邊畏縮著，似乎在等待。

整張圖只有單色顏料，但連細部都處理得很仔細，人物表情生動，就算下一刻從圖畫裡跑出來我也不意外。不過這張圖讓人感覺很不舒服，籠罩著詭譎的氣氛。

「這啥啊，噁心死了。」我繞著外圍邊走邊看，「操，這張更噁爛！」

短命鬼面色凝重道：「這是地獄變相圖，畫的是罪孽深重的亡魂在地獄的景象。」

我聞言愣了一下，再往那些圖案上瞄，只覺得渾身顫慄，這裡的裝潢有種陰森的壓迫感。「紐克利在搞什麼邪教崇拜啊？還是他們在這裡呼喚宇宙神祕力量？」

「據我所知應該沒有。」

我搖頭道：「不是我要說，這裡其他地方都弄得很有高科技感……地上卻畫了這種圖，我只能說決定這樣弄的人品味還真差勁。」

「你可以先模擬一下。」短命鬼嘲諷地說。「你剛看的第一張圖是抱柱地獄，生前喜淫邪之人就會受到這種懲罰。」

「老子善良純潔得很！你有看過這麼長時間沒看A片的高中生嗎?!」

外星人兀自趴在地上尋找暗門，想找出太空船，而賤狗則是漫無目的地跑來跑去、四處撒尿，看起來都十分怡然自得。不過我倒是覺得渾身發癢，只想趕快離開這地方。

「你別再趴在地上了啦。」我對外星人道，「我想你的太空船一定在其中一扇門後，趕快用你的神奇手表打開門，那應該有反重力功能吧？這樣就可以輕鬆打開了。」

「反重力？那也太科幻了啦，宇宙萬物都要受重力控制。我的星球正在研發能像黑洞一樣將所有東西吸進去、而且可以隨身攜帶的奇異點，不過至今尚未有成果。」

外星人從地上站起，搖搖晃晃地想走去看那些巨大的門，不過他走到一半就像喝醉酒似地突然整個人往後仰倒在地。

他這種奇奇怪怪的行為我看多了，完全不以為意，只是他接下來又重複了幾次同樣的動作，我想應該是他的星球的特殊宗教儀式。

「喂，你玩夠了沒？」我忍不住出聲問他。

外星人茫然地看著我。「我……呃……好像怪怪的。」

「你本來就很奇怪。」

「不是啦！」外星人連忙否認，「我是說這裡怪怪的，我走不出去。」

看了看外星人的周圍，我確定沒有任何能妨礙他行走的物體，走到他身邊道：「我怎麼走都沒問題啊，你以為這裡有防護罩喔？」

我從外星人的位置再度走回剛站的地方。他看看我，歪著頭再次往前走，結果依然很遜地往後倒。我不耐煩地去伸手拉他，但就像是有股看不見的力量似的，外星人的身體移動到某個位置後就無法再往前了。

「別拉了。」短命鬼站在離我稍遠的地方說道。他舉起手在空中比劃幾下，道：「我也出不去，這裡有種力量擋住我們。」

瞥見短命鬼腳下，他站在巨型圓形圖案裡，腳尖正好抵著圖形邊緣。我低頭看外星人，發現他的身體也跟那圖案邊緣完美地契合在一起，沒有半根手指在外面。

「是……是這雕刻！」我驚訝道。

「看來對方已做好萬全準備，以逸待勞。」短命鬼蹲在地上端詳著圖形道，「我已經繞過一圈，確實一點漏洞也沒有。但這並不是為了我們而臨時準備的，應該是改建時便定案的。難怪在藍圖裡看不到，這樣的地方也太匪夷所思。」

「怎麼連我也被抓了？難道他們知道我要來？」外星人指著自己道。

「那、那怎麼辦？」我抬頭環視這個巨大卻什麼東西都沒有的地方，六神無主地道：「短命鬼，你應該不想在這裡定居吧？我試試拉你出來。」

我跑向短命鬼拉住他冰冷的手，傳來的寒意直讓我打了個哆嗦。我不禁罵道：「這鬼地方還真是冷得可以。」

我將袖子捲起來，抓著短命鬼的手用力向外拉，但我們之間就像有道隱形的屏障，我可以摸到他，卻摸不著這面牆。賤狗見狀，知道我是要幫牠的主人，也跑過來咬著我的褲管死命拖，但一點成效也沒有，還差點把我的牛仔褲連四角褲一起咬下來。

我繫緊皮帶確定不會有意外蹓鳥的危險，打開背包將裡面有用的傢伙一樣樣拿出來，都是我在招搖撞騙時用到的工具。

短命鬼似笑非笑道：「你拿這些東西做什麼？」

「我最起碼也做過一陣子業餘天師，多多少少也知道一些。」我拿出硃砂筆和符咒，一邊畫符一邊道：「我想，應該會有些有用的東西。」

我口中念念有詞，腳下踏著七星步，將書上所教的每一種符咒都用了，還搭配桃木劍、聖水和淨化過的鹽，都無法打破那道看不見的牆壁，只徒留了滿地垃圾。本來想說可以像電視一樣用我的童子尿，不過馬上被短命鬼打了回票。

外星人也從裡面試圖破壞，他不斷按著手表用雷射、聲波和低頻粒子刀之類的攻擊，甚至還不斷轉換自己的結構——我完全看不出有什麼差別——但依舊出不來。

正當我要把最後的殺招拿出來時，地面傳來微微震動，伴隨著震耳欲聾的轟隆聲響。我反射性往門那邊看去，那扇門維持著開啟的狀態，沒有改變。那這聲音是……

「另一邊。」短命鬼沉聲道。

我遙望那頭，果然其中一扇門正緩緩打開，有幾個人影在門邊等著進來！

賤狗感覺到來者不善，喉間發出低沉的警告。我連忙跑到短命鬼和賤狗兩個最有戰力的旁邊。以我卓越的眼力，馬上看出帶頭的正是之前想要置我於死地的禿董！

「完了，這裡根本沒地方可以躲！」我著急道。

短命鬼低聲道：「記得不要洩漏你的底牌，這樣才有活命機會。」

「你在講蝦米碗糕？」

「就是故弄玄虛，你所說的要有五分真實、五分捏造，這樣才能唬住他們。」外星人搖頭晃腦地說。

「這又是你在什麼電影上看到的吧。」

我還在跟短命鬼串供時，禿董一行約十餘人，已經沿著圓圈外圍來到我們面前了。

禿董詫異地看著我們道：「我還真沒想到這東西竟然能捕捉鬼魂。」

我警戒地看著他，但禿董只是自顧自地打量我們。

「嘖嘖，連這種東西也能抓到，琛哥的法力還真是高深莫測。」他轉過來面對著我，獰笑道：「你這小鬼也被關在裡面了？其他人都是你的手下嗎？」

「你看得見他們？」我可以確定上次禿董看不見他們。難道是因為他們被這抓鬼陣困住的關係嗎？

「有兩個模糊的形體，和一隻醜狗。」

賤狗目露凶光，應該是聽得懂禿董批評牠的外貌。

我瞄了短命鬼一眼，他微微頷首並示意賤狗不要輕舉妄動。我咳了一聲道：「我是正常人怎麼會被關起來？他們三個都是鬼魂，才會誤入你的陷阱裡。」

「我不……好痛！」外星人不識時務地想澄清，被賤狗狠狠咬了一口。

禿董很誇張地搖頭道：「你誤會了，這是我遵照琛哥的命令建造的，本來以為只是要迎合幫主特殊的喜好，沒想到花了大錢果然有效果。」

我赫然想起，短命鬼之前跟我講的關於陰間發現的陰謀。青道幫幫主似乎想要利用鬼魂來達成某些不欲人知的目的。

我狐疑道：「你們幫主建這幹嘛？抓鬼當寵物？」

禿董踢了踢腳邊的羅盤。「這說來話長，不如我們找個地方坐下來長談吧，我也很想知道你到底是什麼來頭。之前的爆炸是你搞的鬼吧？為了潛進這裡。」

「誰跟你爆炸啊，我不知道！我要跟我的手下待在一起！」我緊張地抓著短命鬼的西裝外套道。

旁邊的黑衣人相當機靈，馬上掏出槍對著我道：「出來！不要逼我們進去抓你。」

他這種聽起來像是虛張聲勢的說法，讓我想起打架時落跑的一方總是會說「你給我記住」，而從禿董和他的手下們剛剛特地繞過來之後，還站得離圓圈這麼遠，可以判斷出，他們對自己建造的東西不甚了解且心存畏懼。

「他們不敢進來。」短命鬼嘴唇幾乎沒動，以非常微小的聲音跟我說道。

看來他的看法跟我一樣，不過他們拿著槍照樣射得到我，所以我還是乖乖舉起手，慢吞吞地走向禿董。

果然，我一走出圓圈，穿著黑西裝的大漢就走上來架住我。

「你最好不要想耍什麼花招，否則你手下的命就不保了。」禿董威脅道。

我暗自想，他們三個的設定是鬼，如何能當作威脅籌碼？我毫不在意地說道：「請便，要殺要剮隨你。」

禿董冷笑了一聲，道：「現在，說出你的目的，還有是誰派你來的。」

「我上次來不就說了，你們這裡的陰氣太重，幾公里外都感覺得到。」我照著短命鬼的意思亂說一通，「我只是想了解這下面是什麼，現在知道了，我也沒興趣了，拜拜，阿帝歐斯。」

「你以為我會相信你的鬼話？這地方被你發現我也不在乎，就算開放參觀也無所謂，但你這小鬼背後是誰，我一定要知道。」禿董臉色狠戾地威脅道。

我不耐煩地說：「就說了老子獨來獨往，真要說是誰主使的，只能跟你說我的祖師爺是長春真人丘處機啦！」

剛講完我就感覺到背後短命鬼的責備視線，肯定是嫌我廢話太多。

禿董也對我的說法相當不滿，臉色陰沉地說：「既然不說，你就沒什麼利用價值了，反正我也不擔心其他祕密會曝光。殺了他。」

禿董最後一句話是對著拿槍的黑衣人說的，我連忙將手舉高陪笑臉道：「哈、哈哈，我是開玩笑的，您大人有大量，饒了我吧。為了表示誠意，我願意交換情報。」

「……什麼情報？」禿董狐疑道。

「與您性命攸關的情報。」我模仿電視劇，這時候就應該要胸有成竹地賊笑。

禿董沒露出絲毫驚訝，反倒是「嘿嘿」笑了兩聲，彷佛早就知道我會這樣做。「你先說來聽聽。」

「不，我要是先說，誰知道你會不會反悔？」我斬釘截鐵道，「不過，的確是有人派我來的。」

「你想知道什麼？」禿董道。

我瞄了瞄外星人，只見他一臉興奮難耐、期盼地看著我。我咳了咳道：「你們……最近有撿到什麼龐大的、是以人類能力無法建造的東西嗎？」

「說來說去你還是要問這裡。」禿董搖頭，「這是琛哥下令建造的，至於原因我只能說相當荒唐，不知道琛哥在想什麼，花了這麼多錢。」

聽禿董的抱怨，他應該是誤會了我的意思。

他繼續說：「青道幫搞什麼邪教崇拜，我一點也不在意，這大概是他們用來集會的場合。」

……原來不是用來停泊太空船的。外星人的表情相當失望，但短命鬼臉色凝重，似乎不覺得好笑。

禿董以一種厭惡的眼神盯著地上的巨大圖形。「這應該只是為了諂媚幫主蓋的。終歸只是做做樣子，誰相信什麼地獄？」

「你們幫主是什麼人？」

禿菫露出了然的樣子道：「原來你的目的是這個？別白費心機了，連我也沒見過幫主，現在管事的都是琛哥，我想說不定連幫主都在他的掌握中。」

根據短命鬼所說，在陰間時青道幫幫主利用了一個傢伙試圖進行一項陰謀，而現在又看到這個地獄門……看來他們真的是做好萬全準備了。

短命鬼和外星人無法穿透這裡的牆壁，而從內部又無法開啟這重重的門。環繞這裡的四十九扇門，不曉得有何特殊涵義？

不過我對青道幫的信仰沒啥興趣，基本上我根本不相信宗教，這實在太唬爛了，所以我決定還是要達成我最先潛進來的目的。

「其實我要問的不是這個，幫主喜歡打高爾夫或是養小鬼我都管不著。」我思考了一下，決定照實說出來。「你們……」

「建造這裡的原因你我心知肚明。」短命鬼突然開口了，聲音鏗鏘有力。

禿菫抬起頭望向短命鬼方向，倒是不驚訝。「不知是哪位在說話？」

「第一次來這裡時便覺得相當怪異，後來發生的一連串事件再加上今天所見，我終於知道你們的勾當。」

禿董陰森森地笑了。「願聞其詳。」

短命鬼抬頭環顧四周，道：「在這地下深處建造了這麼個地方，原因無他，就是為了走私。」

我大吃一驚，脫口道：「走私？」

「紐克利基金會進口歐洲國家的垃圾並處理成無害的廢棄物，問題是他們進口了什麼？」

禿董雙手插在胸前，完全沒有阻攔我們說話的意思。

「難道他們假借進口垃圾，其實是走私軍火？」我問。

短命鬼搖頭。「青道幫另有軍火管道，不必靠這間公司。」

我絞盡腦汁依舊不明白，只好催促短命鬼快說。

他看著禿董，眼神凌厲。「紐克利進口的是……核廢料！」

從地獄一下子跳到核廢料，我的腦子一時間轉不過來。沒等我理解，他又說：「這地下建築所用的鉛建材就是最好的證明，鉛能夠有效阻擋核廢料輻射。還有改建工人說每一層樓之間都用金屬板加固，我想應該也是鉛板。」

禿董神色平靜，看起來似乎不驚訝短命鬼看破他們的陰謀。

「第一次來時，我便發現這裡的電腦外殼皆為鉛製。輻射會造成ＩＣ零件失靈，所以大樓裡的電子設備一定要用鉛阻擋輻射。但你們能選擇公司裡用的電腦，卻無法讓員工用一樣的手機，所以乾脆限制員工不能帶手機進公司。雖然樓層間都做了防輻射處理，但小心為上，若員工發現一進到這棟大樓裡手機便會失常，難保有心人士探究。」

短命鬼看著禿董，冷笑道：「核廢料對於大多數不具備處理能力的國家來說都如同燙手山芋，就算深埋在地底下也要經過千年以上才能夠有效降低其放射性，因此大家都願意付高價讓其他人代為處理。可核廢料進口並非容易之事，法令和輿論這兩項無論如何都不可能通過，因此就藉著基金會進口垃圾，在其中夾帶核廢料以謀取暴利。」

我大張著嘴，驚訝得說不出話來。

短命鬼沉聲道：「我說得沒錯吧？所以你也不必再掩飾這些建物的目的，這些地下通道就是為了運送核廢料而存在的。」

禿董舉起雙手笑呵呵道：「我可沒說謊，只是選擇說了一部分的事實。」

「你們進口的核廢料，兩年來應該也累積不少了，這些東西你們怎麼處理？」

禿董肥胖的手指在臂上輕輕敲著，神色泰然自若。「就如你所說，埋在地下了，還是沉入海裡了……誰知道？我根本不在乎。」

基本上，我對於核廢料具體產生的影響只是一知半解，不過至少明白那是非常糟糕的東西。短命鬼看起來相當憤怒，但他表現得依舊鎮定。

我沒有短命鬼的修養，怒從中來便立即開口大罵：「你們這幫喪盡天良的王八羔——」

「等等。」禿董打斷我。「你不是應該先告訴我一些必須知道的事？」

「啥事？」我疑惑道。

禿董微瞇起雙眼，似乎不滿我裝聾作啞。「那炸彈是哪裡來的？你認識那傢伙？」

他講完才想起似乎應該說出名字，轉頭向旁邊的保鑣詢問道：「那個……那個宅男工程師叫什麼名字？」

幾個保鑣你看我、我看你，聳了聳肩。

禿董嘆氣，轉過來道：「總而言之，炸彈是誰給你的？」

是一個外星人給的，但我再蠢都知道不能這樣說。我老實地說：「在我逃亡躲避你們追殺的期間，有個人打電話威脅我做的，東西也是他給的。」

禿董瞪大雙眼厲聲說：「你不知道他是誰?!相貌和電話呢，不知道？」

見我搖頭，禿董又跟著搖頭道：「不可能，他應該已經死了，若他在死前就已經將東西交給別人，那也不會等到現在才……莫非之前也是他？」

禿董捧著肥大光亮的腦袋兀自煩惱著，只剩我和保鑣們面面相覷，短命鬼若有所思地盯著空氣，而外星人……不提也罷。

我想他應該需要點時間思考對策，便對旁邊的黑衣人道：「你們最近有沒有撿到疑似飛碟的東西？」

所有的黑衣人皆是一臉「你有病喔」地看著我。看到他們的反應，我大概就可以知道，太空船應該真的不在這。

不過外星人苦苦追尋許久，幫他再問清楚點也無可厚非，我耐心地再問：「那麼火箭呢？還是長得像電話亭的不明飛行物——」

「閉嘴。」

沉默已久的禿董終於開口了。他一副想盡快將事情解決的樣子，不耐煩地道：「小鬼，除了這件事你還有什麼想講的嗎？」

我額際流下一滴冷汗，這語氣聽起來像是要我交代遺言。「應、應該是沒有，可以把我的手下們放出來了吧？」

「是嗎？」禿董點頭，對黑衣人道：「解決他。」

此話一出，不僅是我，連旁邊的黑衣人也愣住了。不過我的反應比他們來得快，在他們回過神來伸手要攫住我時，我壓低身體，兩人在我背部上方撞成一團。我奮力撐起身體，讓那兩個傢伙坐了個大飛機。

「007，上！」短命鬼喝道。

得到短命鬼命令、終於可以大開殺戒的賤狗，以雷霆萬鈞之勢從圓圈裡衝出來。沒有人料想到賤狗竟然沒被困在裡面，看到這種像怪物似的龐大生物現身，都措手不及。

賤狗利用奔跑時的力量一下子撞飛兩人，接下來充分發揮牠身為鬥犬所擁有的爆發力及足以咬碎每一根骨頭的有力下顎，又撂倒了兩個試圖拿槍瞄準牠的黑衣人。

我趁著混亂的時候撿起散落腳邊的槍，全都塞進我的背包裡。雖然很想像好萊塢電影一樣，拿著槍威風凜凜地叫那些傢伙全都不許動，但我知道在現實裡只有可能落得滿身窟窿，還是乖乖收起來好了。

對方人多勢眾，賤狗對付其中幾個就夠忙的了，其他人便輕而易舉地從後方將我撲倒。

我的一隻手臂落在地獄圖的範圍內，外星人就在旁邊，他連忙撲過來抓住我的手想將我拉進去，但他的力氣怎麼比得過其他黑衣人？

最後，外星人像隻黏在擋風玻璃上的蟲子，黏在看不見的牆壁上。而我也被黑衣人逮到了，我想將背包用力丟進地獄圖內，但被壓住我的人狠狠一踢，飛到遠遠的角落。

禿董拿著槍對著我喝道：「叫那隻狗停下來，否則我就斃了你。」

短命鬼命令賤狗停下，而賤狗……我發誓牠臉上惋惜的表情一定是代表「讓那小鬼自生自滅算了」。

屠殺停止了，留下屍橫遍野及此起彼落的哀號聲。賤狗一臉凶狠地站立原地，沒有人敢靠近，只能遠遠地拿槍指著牠。

偷襲再來一次也不嫌多，就在此時，短命鬼以迅雷不給掩耳的速度丟出我留在旁邊的扳手和螺絲起子，打掉了指著我和賤狗的槍。

接下來，賤狗和短命鬼兩人裡應外合，將黑衣人打得潰不成軍，他們的子彈完全沒用，在他們扣下扳機前，就會被短命鬼擲出的凶器和賤狗的牙齒阻止。

我呆立一旁，手中的榔頭完全無用武之地。外星人手舞足蹈地說：「他們簡直就像是地球電影裡懲奸除惡的英雄！」

激戰維持不到五分鐘就結束了，我方獲得壓倒性的勝利，負傷的只有我一個，還是賤狗趁短命鬼不注意時偷抓了我一把。

「靠，這些ＭＩＢ都只是虛有其表嘛，這麼容易就被解決了。」我冷眼瞧著一個被賤狗咬得躺在地上直唉唉叫的人。

賤狗將地上的槍一支支咬給短命鬼，還搖晃著尾巴以求稱讚。

「那現在的問題，就只剩下要如何讓你們離開這見鬼的AT力場吧？」我對短命鬼道。

短命鬼往圖形開槍，但仍無法破壞結界。他思忖道：「應該要問問這裡的管理者才是……」

我馬上在滿地的受害人裡搜尋禿董的身影，但奇怪的是，他竟不在哀鴻遍野的人群中。

「在那邊！」外星人驚叫。

禿董不曉得何時溜到離我們有些距離的地方，站在結界的邊緣，正撐著重傷的身體奸笑。

「科科科。」禿董發出讓人聽了就想貓他一拳的笑聲，「你們別以為這麼容易就能溜出去！」

禿董舉高了手，我這時才看到他手中捏了個小瓶子，裡面是暗紅色看起來像血的液體。

我疑惑道：「那是……壯陽藥？」

「這是能夠讓你們回到地獄的仙丹。」

說完，禿董的手一揮而下。短命鬼迅速拾起槍想要阻止他，但已經太遲了，禿董砸碎了玻璃瓶，發出清脆的碎裂聲。

紅色的液體流淌而出，流進地獄圖的刻痕裡。

讓人咋舌的是，紅色的液體竟像是有了生命一樣，快速地在刻痕裡流動，那一小瓶的液體瞬間蔓延過來，一下子就填滿了地面上巨大的圖案，讓遠本詭異的圖案更增添了不祥的血腥味。

地面發出滋滋的聲音，就像是地底下有個瓦斯爐在加熱似的。我低頭看了看在刻痕裡翻滾沸騰的紅色液體，驚愕道：「那是什麼？」

語音剛落，我就看到陣中央出現了變化，黑黑的一塊，彷彿陷落下去一個洞。難不成是地層下陷？

室內停滯的空氣開始流動，我感覺到氣流擦過裸露在外的肌膚。腳邊一張我口袋裡掉出的爛衛生紙，被氣流帶著，進入了陣中。

我看著那張衛生紙跌跌撞撞地往中央飛去……然後消失在陣中的小洞內。

「那裡有個洞……」

我話還沒說完，猛然一陣強風吹得我往前跨了幾步。好不容易站穩身體，我才發現地上重量較輕的紙張都往地獄圖中央飛去。

禿董發出科科的笑聲道：「我一直不認為這門有用，不過你們也看到了，地獄門能讓鬼魂回到地獄。」

那禿頭說了什麼我無暇聽清，因為我發現了個更嚴重的事，這個陣可能不僅能讓鬼魂回去，連活人都要提早報到了。有一股引力拉著我往中心去，而且力量越來越大。

短命鬼和外星人都感覺到了，他們遠離陣中央，靠在結界邊上。

「這、這是地球的黑洞嗎？」外星人害怕地說。

中央的洞頓時又擴大了幾分，稍微有點重量的東西也被吸進去了。

我和賤狗見情況不對，衝上前去，短命鬼馬上出聲喝止我們：「不要過來！」

在這關頭我哪還能理會他？我一個箭步就跑到結界內，想要把他們兩人拉出來。

不過我太低估了那股引力在結界內的威力，才踏了進去，還搞不清楚狀況就被風吹倒在地上，整個人直往中心滾去。

我趕緊胡亂往地上抓以減緩速度，但地上刻痕太淺，我還來不及抓牢就被吹得脫了手，指甲都裂開了。

很快的，我就看到中央的黑洞。它周圍呈漩渦狀，就這樣出現在大理石地面上，像是卡通裡的異次元入口，遠觀像是個平面，近看卻是個幽深不見底的大洞，看起來極為詭異。

我死死攀著地面，這時恨不得能胖個幾公斤，至少能靠重量堅守陣地。我的小腿懸空在洞口，我吃力地轉頭看了一下，只見我的小腿脛骨都已隱沒在一片黑色的不知道啥東西中。

我嚇得魂飛魄散，轉回來對著艱難朝我走過來的短命鬼大叫：「救命啊！死鬼！」

死鬼離我還有幾大步的距離，他半瞇著眼，領帶在空中飄著像是拉著他跑一樣。見我的手已經顫抖得幾乎抓不住地面了，他一咬牙，撲上來扣住我的手。

外星人從後面抓住死鬼的褲管，雖然我想以他羸弱的身子大概無法成為助力。死鬼將我拖了回去，一把將我推出了結界。

我倒在地上驚魂未定，只能發愣地看著我身旁的十字架和八卦鏡一樣樣往地獄門中心飛，然後消失在其中。

禿董看到了剛剛的景象，那些躺在地上哀哀叫的黑衣人也都閉嘴爬了起來，大家皆是一臉驚懼。

「沒用的傢伙，趕快抓住那小鬼撤退！」禿董喝道。

兩個離我最近的黑衣人走過來就抓著我，我回過神來，忙對禿董大叫：「等、等一下！我保證你說什麼我就做什麼，你先把這東西解除。」

禿董往出口方向走著，頭也不回道：「我不知道怎麼解除，琛哥沒說過。」

「渾蛋！搞不清楚就不要用啊！」我憤怒大罵，「你要是害死我朋友，我一定會把你們這群王八蛋都宰了！」

驟然間，中心的洞又加大了幾分，連帶著周圍的風勢也強烈了起來，原本結界外還能正常走路的人就如走進暴風圈一樣，連站都站不穩了。

眾人一察覺自己也有可能受到波及，爭先恐後地往出口衝，只怕慢一步就逃不出去了。

「放開我！」我又叫又跳，不讓他們輕易往出口走，終於逼得那兩個人鬆手。他們不顧禿董橫眉豎眼地命令他們抓著我，狂奔著加入了逃難行列。

我靠在周圍一扇門旁，急忙對賤狗道：「笨狗，這種東西你應該放個屁就可以互相抵銷的吧？還不快一點！」

賤狗甩了下鬆垮垮的皮，後腿一踢，飛起來的垃圾挾帶著風勢正中我鼻頭。不過我寬宏大量，在這種時候懶得跟牠計較。我撿起那群保鑣匆忙中掉下的手槍，大叫：「賤狗快閃，否則被流彈打到不關我的事！」

只要破壞了地獄圖，應該就可以停下來吧？我閉著眼睛，拿著槍往地獄圖上胡亂射擊，後座力震得我手臂痠麻，幾乎抬不起來。子彈打在地上再彈起，搞得火星四濺，但地獄圖依舊完好。

死鬼伏下身體以降低重心，抵擋著結界內更為強大的拉力。他轉頭對著站在他身後的我，吼道：「快走！別待在這裡礙事！」

我將子彈用罄的槍扔掉，撿起我沒收好的榔頭，坐在地上用屁股慢慢挪近結界。

「你這個死人頭給我閉嘴！每次遇到事情就只會叫我快走，老子聽膩了啦！」

死鬼的臉相當凶惡，依我對他的了解，那是硬裝出來的。他怒道：「007，快把這個白痴拖出去，否則我就對他不客氣了！」

賤狗嗚咽了兩聲，沒有拖我，站在旁邊不肯走。

「我操，你啥時對我客氣了?!別以為你凶我就怕你，老子又不是被嚇大的！」我好不容易移到結界旁，跪在地上開始砸地獄圖，邊罵道，「你這傢伙他媽的每次都嫌我礙手礙腳，但我怎麼可以在這種時候夾著尾巴逃跑！」

死鬼喝斥道：「不要蠢了，這種時候你還逞什麼——」

「老子不是逞英雄！」

我掄起鐵鎚狠狠砸向地面，木頭做的柄無法承受連續的敲擊、從中間斷了。我瞪著斷掉的柄，一字一字地說：「你不會在危險時丟下我，我也不會這樣做。」

死鬼冷笑，表情看起來有些扭曲：「你也太一廂情願了。我可以向你保證，遇到不利的情況，我誰都可以丟下。」

我抬起頭瞪著死鬼：「你少唬我了，你還真以為我忘記了嗎？」

死鬼怔怔看著我。「你……想起來了？」

「沒錯，多虧了那個爛洞。」我看著指尖，適才硬摳著地面時，指甲裂開了。「我剛剛快掉下去時嚇得差點剉賽，腦中回顧我的人生時才發現那些失去的記憶，不知道啥時都跑回來了。」

剛剛死鬼叫我快滾的時候，我就想：你這傢伙真以為我這麼沒義氣嗎？然後，就突然想起之前死鬼是如何在每次危機之中救我脫險，也記起我們不甚友善的初遇以及曾經相知相惜後的分離。

我毫不畏縮地看向死鬼，道：「包括你之前怎麼凌虐我，也全都想起來了。」

看著死鬼瞬間軟化下來的表情，我的心裡真是說不出地痛快，終於有氣勢壓過他的時候了。

「所以，我知道你不會丟下我。」

死鬼嘴唇微啟，似乎要說些什麼時，身體歪了一下，便被往中心拖了幾尺。

「死鬼！」

我和賤狗同時行動，想也不想便衝進結界。我趴在地上，兩隻手抓著死鬼的手臂，賤狗咬著他的袖子，而死鬼另一隻手則拎著差點被吹跑的外星人的領子。

結界裡風速我想一定超過十級，我要非常努力地撐著才能讓身體穩住，風大得幾乎無法說話。我的頭髮模糊了視線，但還是看得到中央黑洞正以肉眼可辨識的速度擴大。

「快走！」死鬼得大吼才能讓聲音不至於被風聲壓過，還用力揮手想擺脫我。「如果你了解我，就應該知道我絕對不想拖累你……快走！」

他的臉看起來有些模糊，但我很清楚他此刻會有什麼樣的表情。我加重了力道，手指深深陷入死鬼的西裝衣料裡，傳來幾絲絕望的冰冷。

我很怕死，所以不抽菸不喝酒也不飆車，還有太多生離死別我沒經歷過，太多酸甜苦辣我沒嚐過……不過此時，這都已被我拋諸腦後，因為眼前的人對我來說比這一切都重要，我不能看著他在我面前消失。

「我絕對不會放手！」我宣示著。

「你是想報答我嗎？因為救過你幾次？」死鬼口氣嚴厲，但他的表情是不捨的悲切。「我不需要你的回報，我所做的一切都是為了自己，只是怕你死了便沒有人幫我復仇。」

「我也是為了我自己！我不准你死！」

「噢嗚！」賤狗淒厲地回應。

死鬼閉上眼睛，我握著的那隻手抓得死緊。

我了解死鬼的懊悔，所以不想讓自己也有同樣的感受，我曉得這樣很自私，但……

「那、那個……」

一個不同於死鬼的聲音打斷我的思緒。說話的是臉朝下趴在地上的外星人，原來他還清醒著。他吃力地抬起頭道：「地球的戲劇裡，恢復記憶時不是會頭痛嗎？然後記憶就會『轟』一聲全部流進來，接著一定會昏倒……」

「這時候你還廢話這麼多！」我罵道，「你快看看你的手表，說不定可以將自爆的等級調低一點，炸爛這個結界就好了。」

外星人因為整個臉靠在地上，聲音聽起來像含了個滷蛋在嘴裡，「沒有這種功能啦，又不是kero球。我好想回家，沒想到我竟然會有客死異鄉的一天……」

我撈過一瓶從旁飛過的聖水往外星人丟去，正中他的腦袋。「你這傢伙放什麼屁啊？你要是這麼想死就回老家再死，在地球死了可是會下地獄的咧！」

「現在都是地球的二十一世紀了，你們不應該相信這種怪力亂神的東西。」外星人很不以為然地說，這時他倒是恢復了幾分精神。「那什麼天堂地獄啊，都是幻想出來的啦，我在宇宙中航行這麼久從來沒見過啊。」

「老子就是見過才敢說！你以為老祖宗的想像力真的這麼豐富？傳說不會是空穴來風的啦，一定就是有人見過才編得出來。」

死鬼像觸了電般猛然抬起頭，直勾勾瞪著我。

我被他看得毛骨悚然，叫道：「死鬼，你起乩喔？」

死鬼只是看著我，一向幽深淡然的雙眸一反常態，閃爍著算計的光芒。他低下頭，「我竟然現在才想到，忙著思考其他問題，竟然漏掉了如此重要的訊息。」

現在我可以斷定，他一定是撞到腦袋了。為了避免繼續刺激死鬼，我委婉地問：「死鬼，你頭殼壞去囉？」

死鬼沒理我，反倒是轉向外星人：「你現在覺得如何？」

「快死了。」外星人有氣無力地回答。

我心下有些吃驚，這是死鬼第一次主動向外星人講話，而且還表現出前所未有的關心，難道是我辛苦建立的異族之間的溝通橋梁終於有用了？

死鬼覷了我一眼，我不太清楚他想表達的是叫我做好準備還是叫我不要插手，不過跟眼前的情況好像都沒什麼關係。

「我知道你的太空船在哪。」

死鬼忽地冒出一句，我和外星人都吃了一驚。我心想死鬼八成有陰謀，而外星人的興奮之情溢於言表。

「那我就不拐彎抹角了，你的太空船就在這裡。」他繼續道：「不，不應該說太空船在這，而是你的目的是帶我們到這裡。」

外星人相當困惑地說：「那是因為我的太空船在失聯前傳來的座標在這……」

「不是。」死鬼眼神一轉，看著外星人道：「你還沒想起來嗎？你所說的一切都是幻想，包括太空船和你的星球。」

「死鬼！」我連忙出聲阻止他，「你這樣說太過分了，這怎麼可能都是幻想？他是外星人，當然會有那些東西啊。要不然他是從土裡長出來的喔？」

死鬼的眼神掃過外星人，嚴肅道：「快想起來吧，連你的身分都是你憑空杜撰出來的，你根本不是什麼外星人，而是跟我一樣，同為……鬼魂！」

外星人大驚失色，頭上的觸角緊張地立起來。「你在說什麼啊，我真的是……」

「你帶我們來這，是因為潛意識中你知道紐克利的違法行為，所以你認為太空船在這。我不得不說，我從沒看過有人能把自己催眠到如此地步，你的執念甚至改變了你的外表及思考記憶。」

我和外星人都沒說話，瞪大眼睛等著死鬼繼續說下去。

「其他人看不見你並不是因為手表的隱身功能，是因為你是鬼，當然你所說的性質轉換也只是你擁有實體化的能力，你根本不需要喝水吃飯或是呼吸……」

「等等，我們明明看著他喝掉一大瓶水啊！」我問，「那些水跑哪去了？」

死鬼沒有一絲遲疑地回答：「應是正常蒸散掉了。」

接著他又繼續道：「你在無意識中引導我們找尋線索，那個炸彈盒裡有根鉛製金屬管，那應該是你從這裡拿走欲做為證據的核廢料！所幸保存核廢料的容器相當牢固，才並未在爆炸中受到損害。輻射外洩絕非你的本意。」

金屬管……我赫然想起金屬罐上面的圖樣，那並非電風扇，而是輻射警示標誌！

「那他的手表要怎麼解釋？我們能進來這裡，前面幾扇門都是靠他的手表才能解碼的耶！」

「之所以能打開門是因為他知道密碼，便自然而然能夠代換成是手表的功勞。」

「可、可是，我真的不知道密碼啊，就算你這樣說我也想不起來。」外星人氣急敗壞地辯解。

「你已經完全被『我是外星人』這個想法催眠了，所以你表現出來的就是你所認為的外星人該有的樣子。但潛意識中，你依然保有部分記憶，這也是你如此堅信太空船就在這裡的原因，因為你就是死在這裡的！」

死鬼爆炸性的言論一出，所有人都不知該有什麼反應，只有賤狗表示贊同地吠了一聲。

「為什麼……？」我也不曉得問為什麼有啥意義，只是這時腦袋已混亂得無法找到適當措詞。

「想起來吧！」死鬼再一次對外星人說道。「你會知道密碼，以及你會死在這裡，都是因為你是這裡的員工！就是剛才董事長說的工程師！」

我愣了一下，然後所有的事情都串起來了。這一切似乎有跡可循，只是我們發現得太遲，原來外星人……

我偷瞄外星人，他的頭低垂著，頭頂的觸角被風吹得像是快折斷一樣。我看不到他的表情，但這對他來說一定打擊很大，不管是他被謀害了或是他根本不是外星人。

良久，他才有了動作。「我想起來了。」

他的頭慢慢抬起，兩隻手撐住地面，不顧強風吹襲，穩穩地站了起來。

我驚愕發現，他的身體竟然縮小了！原本兩公尺半多的身高變得比死鬼還矮，可能跟我差不多。

然後，他的臉慢慢改變，就像卡通一樣，占了半張臉的一雙眼睛縮小，鼻子也長了出來；頭頂的觸角縮回去，而頭皮長出黑色的頭髮；皮膚從深綠色轉淡，變成正常人該有的膚色；身上奇怪的銀色外衣也不知不覺換成了普通的白色 POLO 衫和牛仔褲。

這時，在我們眼前是一個普通得不能再普通的男人。

大約三十五歲上下，體型中等，掛著一副眼鏡，頭髮亂糟糟的。臉孔……超級路人！非常平凡的五官組成非常平凡的臉，真要說哪裡有特別之處，只能說他要是自稱全世界最普通的男人，沒有人會跟他爭！

「我全都……想起來了。」他的聲音倒是和之前一樣，相當普通。

「沒想到他真的是鬼。」我喃喃自語道。

「我之前跟你說過很多次。」死鬼受不了地說。「只是尚不清楚他的底細，所以繼續跟他玩下去。你竟然完全沒感覺？」

我正想罵死鬼時，外星人——這樣叫比較順口——有了動靜。

「我想起來了。」他低下頭，「我的目的就是為了向這些殺死我的人報復！」

他再度抬起頭時，平凡的臉瞬間變得猙獰無比，凌厲的樣子和他之前溫吞的模樣大相逕庭，模糊中都可以看到在他周圍凝聚的黑暗氣息。他在狂風中站得直挺挺的，完全不受中心的引力影響。

「又一個厲鬼！」我慘叫，「死鬼，為什麼我們遇到的鬼每一個都有暴怒絕技啊?!之前那個三八鬼發起飆來也是跟母夜叉一樣！」

「我可不會做出這麼沒形象的事。」死鬼淡然道。

「靠，那是因為你這傢伙最遜……」

撲面而來的熱風打斷了我要說的話。外星人狂暴的氣息越來越濃且不斷擴大，他的五官扭曲，嘴裡喃喃念著：「在哪裡？在哪裡？」

他一下子衝到死鬼面前，粗暴地吼道：「是你嗎?!是你殺了我吧！」

死鬼平靜地搖搖頭，伸出手指著禿董他們離去的方向道：「他們從那裡逃了。」

外星人頭也不回地往那方向走去，直到他撞上結界壁。

「死鬼，你在打什麼主意？」我想他在這緊要關頭有如此舉動，一定有原因。

死鬼像是沒聽到一樣，繼續火上加油：「你再不快一點他們就要溜了，你想帶著悔恨去投胎嗎？」

才說完，外星人又繼續衝撞結界壁。他的眼睛暴凸，用恨不得撕碎獵物的眼神左看右看，最後目光移到腳下看起來鮮血淋漓的地獄圖。「就是這個嗎?!」

外星人蹲下來，開始用自己的拳頭一下下往地面送。他每敲一下，我幾乎都可以感覺到地面的震動，而我看到地獄圖在他的拳頭之下開始出現裂痕時，就知道了死鬼的企圖……他想利用外星人打破結界！

死鬼點頭道：「他的執念深到可以改變他的外型和記憶，我想必定是個冤死的厲鬼，於是就放手一搏，賭他的復仇心了。」

外星人發出一聲驚天動地的長吼，就我長期累積下來的經驗判斷，這種場面都是出現在最後大功告成的時候。

赫然一陣波動從中央向外傳遞，彷彿有個核彈爆了一樣，撼動了整個地面。這股波動之大，我想距離這裡幾十公尺的地面八成也能有所感覺。

我們被震得飛了出去，撞上後方的牆壁，頓時一陣暈眩。

等我坐起身，甩甩被震得七葷八素的腦袋、恢復清醒時，赫然發現死鬼也在我旁邊，已經離開了結界。周圍呼嘯的風完全停了下來，地下室恢復平靜，地獄圖中央的洞不知所蹤，一點痕跡也沒留下。

地下室瞬間變得清爽起來，地上的圖案也從血紅變回黑色。外星人敲打的地方破破爛爛的，碎石四散。

外星人帶著拔山倒海的氣勢往出口走去，我大聲呼喚他，但他似乎完全聽不見。

「快想辦法阻止他！以他那種怨氣，大樓都可以被他打穿了，要是他追到禿董他們一定會把他們殺了！」我急忙對死鬼道。

死鬼緘默不語，不曉得在沉思什麼，我搖他半天都沒反應。外星人那副德性，我根本不敢靠近他半步，只能看著他越走越遠。

就在外星人走到門口之際，死鬼猛然大吼：「有ＵＦＯ！」

外星人剎住車，停在門前不過幾步處。

我瞠目結舌，這該不會有效吧？只見外星人轉過身來，臉上已不復見剛才的陰鷙，取而代之的是充滿喜悅的白癡表情。

「在哪裡?!」

外星人說完，瞪大了眼睛看著跌成一團的我們，又看了看被他破壞得亂七八糟的地獄圖，皺眉道：「這是怎麼回事啊？」

他看起來像是恢復正常了，也把剛剛的事都忘了。

接下來，我們又花了一段時間讓他接受這個事實。

PHANTOM

Epilogue

尾聲

AGENT

回到一般狀態的外星人相當平凡，是個畏畏縮縮、講話還會結巴的人，跟他偽裝成外星人的時候一模一樣，看來不管他如何催眠自己，性格還是沒那麼容易改變。至於為什麼會是外星人的樣子，原因相當簡單，他是個不折不扣的科幻迷，最大心願就是變成克林貢人，只可惜死後都忘了，才變成之前那副陽春模樣。

之後，外星人帶著我們離開這爛地方。

他是紐克利的工程師，下方這裡的密碼門啥的都是他所設置，其餘暗門他也一清二楚。他生前無意中發現了紐克利進口核廢料的祕密，偷出了其中一個燃料棒並藏起來，打算取得更多證據後揭發，可惜被禿董發現，將他滅口。

「禿董說地獄門還尚未完成，我想那應該是我們現在還能談笑風生的主因。」我道。

「嗯，否則不會這麼容易就被破壞。」

死鬼表示贊同。

「我完全不記得你們所說的我偽裝成外星人的事了。」外星人一臉歉意地說道。

「你想推卸責任嗎?!」我怒道，「被你搞得好幾次都快死了，還有我付出的時間和金錢又要怎麼辦？我還被黑白兩道通緝耶！」

「你想趁機敲竹槓？」死鬼看穿我的心思譏笑道。

「不是敲竹槓，而是取得相對報酬！」

外星人慌慌張張地掏口袋，但啥都沒掏出來。他小聲道：「我想我的財產在死後應該都處理完畢了，大概沒有什麼錢可以給你。」

「唉。」我頹喪道，「我早就料到了，這次又是賠本生意……」

「不過！」外星人得意地大聲道，「我有一項東西包準你會滿意，那東西說價值連城也不為過！」

我眼睛一亮，驚喜道：「廢話說這麼多，趕快先拿出來看看！」

外星人一臉神祕湊過來道：「那東西是無形資產，就是我豐富的外星知識。」

「……然後咧？」

外星人驚訝地說：「知識當然是無價的啊，而且這是我從小到大費心鑽研出來的結果，說我是外星文明研究的第一把交椅也不為過。」

我爬過離開地下室的出口，用力地關上門，把外星人和他的廢話擋在另一邊。

這地下室的出口才真是讓人出乎意料，就在我們之前搜尋過的停車場，藏在一輛休旅車的下方，只是當時完全被我忽略了。

我甫從洞口鑽出來，就有一堆條子圍上來抓住我。果然駐守在大樓周圍的警力也察覺到結界被破壞的威力，還以為又是炸彈，進來搜尋時正好遇上匆忙逃走的禿董一行人，便先以闖入管制區域為由逮捕了他們。

我跟條子們說明了地下的情況，順便連絡了蟲哥來跟我串供，其實我潛入這裡是為了要證明紐克利的犯罪行為。

因為蟲哥配合的關係，我很快就恢復清白之身了。

警方公布了這件事，正式洗刷我的冤屈，而青道幫的通緝也在隔天撤銷了。

另外，外星人的命案也正式立案調查，推翻之前意外死亡的結論。

「喂，既然殺害你的凶手都抓到了，你為什麼還不能投胎？」我問。

等到一切事情都順利解決已是數天後了，走出警局時，我提出一直懸在心裡的問題。

「這點我也想知道。」死鬼抱胸道。

外星人不好意思地撓撓頭道：「其實我會成為鬼魂並不是因為想要復仇的關係啊。」

「那是為了啥？交女朋友？」

「別看我這樣，我也是交過女朋友的！」外星人不滿地挺胸道，「我才不會為了這麼蠢的理由不投胎呢！」

他說得趾高氣昂，我想他一定是壯志未酬才無法投胎的。

他清清喉嚨，嚴肅道：「我畢生的夢想就是親眼見到外星人以及外星文明，在達到這個目的前，我是不會瞑目的！」

「……」

我和死鬼相對無言。

「我陪你們到現在已經仁至義盡了。現在，我要繼續去追尋我的夢想。」外星人一副亟欲甩掉包袱的樣子，「永別了，各位朋友，希望我們會有再見的一天。」

外星人瀟灑地說完，化身成一道白光，「咻」地直奔天際。

「再見了——」他拉長的聲音兀自在空中迴響。

我抬起頭直到那光芒消失在藍天一角，嘆氣道：「真後悔沒有在他落跑前揍他一頓。」

「我並不喜歡訴諸暴力，不過我的想法難得跟你一致。」

「喂，死鬼，你想那地獄門到底有什麼目的啊，就只是為了抓鬼嗎？」我問。

死鬼思忖道：「我不清楚，但這些設備看起來所費不貲，一定有相當重要的企圖。」

我轉轉眼珠，疑惑道：「目前看來除了運送核廢料和抓鬼，似乎有沒其他用處。」

死鬼蹲下摸摸賤狗鬆垮垮的下巴，表情凝重。

「看來有必要讓小重詳細調查。」

我抬起頭深呼吸，自由的感覺真好，至少走在路上不用提心吊膽。

良久，我轉過頭面無表情地對死鬼道：「死鬼，我該找打工了，之前招搖撞騙的錢都揮霍光了。」

死鬼也面無表情地看著我道：「的確，007 的飼料也快沒了。」

「管牠的咧，叫牠去賺錢養自己啦！」

「吼嚕嚕嚕——」

——《Phantom Agent 幽靈代理人04》完

高寶書版集團
gobooks.com.tw

輕世代 FW204
Phantom Agent幽靈代理人04

作　　者　胡椒椒
繪　　者　霞野るきら
編　　輯　林紓平
校　　對　林雨欣、林思妤
美術編輯　彭裕芳
排　　版　彭立瑋
企　　劃　陳煒翰

發 行 人　朱凱蕾
出　　版　英屬維京群島商高寶國際有限公司臺灣分公司
　　　　　Global Group Holdings, Ltd.
地　　址　臺北市內湖區洲子街88號3樓
網　　址　www.gobooks.com.tw
電　　話　(02) 27992788
電　　郵　readers@gobooks.com.tw（讀者服務部）
　　　　　pr@gobooks.com.tw（公關諮詢部）
傳　　真　出版部　(02) 27990909　行銷部 (02) 27993088
郵政劃撥　19394552
戶　　名　英屬維京群島商高寶國際有限公司臺灣分公司
發　　行　希代多媒體書版股份有限公司/Printed in Taiwan
初版日期　2016年9月

國家圖書館出版品預行編目(CIP)資料

Phantom Agent幽靈代理人 / 胡椒椒著.-- 初版. -- 臺北市：高寶國際, 2016.09-
冊；　公分. --

ISBN 978-986-361-310-7(第4冊：平裝)

857.7　　105003971

三日月書版

GOBOOKS
& SITAK
GROUP©